« MUSULMAN » ROMAN

ZAHIA RAHMANI

# « MUSULMAN »
# ROMAN

SABINE WESPIESER ÉDITEUR
13, RUE SÉGUIER, PARIS VI
2015

*À moins que ta langue n'ait pas été coupée mais simplement fendue, par une incision aussi nette que celle d'un chirurgien, faisant couler peu de sang mais rendant la parole à jamais impossible. Ou mettons que ce qui fut coupé, ce furent les nerfs qui mettent la langue en mouvement et non la langue elle-même ; les nerfs qui sont à la base de la langue.*

JOHN MAXWELL COETZEE, *Foe.*

*Je m'appelle Ishmaël. Mettons. Il y a quelques années, sans préciser davantage, n'ayant plus d'argent ou presque et rien de particulier à faire à terre, l'envie me prit de naviguer encore un peu et de revoir le monde de l'eau. C'est ma façon à moi de chasser le cafard et de me purger le sang. Quand je me sens des plis amers autour de la bouche, quand mon âme est un bruineux et dégoulinant novembre, quand je me surprends arrêté devant une boutique de pompes funèbres ou suivant chaque enterre ment que je rencontre, et surtout lorsque mon cafard prend tellement le dessus que je dois me tenir à quatre pour ne pas, délibérément, des cendre dans la rue pour y envoyer dinguer les chapeaux des gens, je comprends alors qu'il est grand temps de prendre le large. Ça remplace pour moi le suicide.*

HERMAN MELVILLE, *Moby Dick*.

*PROLOGUE*

CE QUI M'ARRIVE, je ne l'avais jamais pensé. J'ai dû me perdre dans ce siècle d'égarés qui me précède.

Sur moi s'est abattue une entente entre des hommes. Je suis devenue, redevenue « Musulman ».

De cette folie, de cette contrainte, je n'ai pu m'échapper.

Cette condition a mis fin à ma fiction.

IL ME FALLUT PRENDRE le chemin d'un retour. Revenir à une origine. De ceux qui aboient après les hommes, je n'étais pas. Et contre la meute on ne peut rien. Elle vous condamne sans sommation. « Musulman tu as été, musulman tu es ! » Ainsi elle me nomma. De ce nom seul, du « Musulman », je devais répondre.

« Musulman » on veut de moi, « Musulman » je suis ! On me joua ce tour. Pourquoi ?

Pourquoi donc me vouloir telle qu'on me veut, soumise à un Dieu ?
Pour ne pas t'en échapper, beuglait la meute.

Moi, je pensais Dieu comme on pense un protocole, un

accord entre les hommes. Mais les bruyants sans peur me barrèrent la route. Et « mon » Dieu, c'est à point qu'ils me le firent tomber du ciel. Le voilà comme preuve !

À Dieu, la meute m'avait rivée. À lui, je devais être.

Au « Musulman » j'étais affectée.

Au désert j'ai dû me rendre.

J'y suis allée.

J'y ai marché.

Des hommes en guerre m'y ont rattrapée.

Que faites-vous ici ? m'ont-ils demandé. Vous avez un pays ?

Oui, mais dans ce pays je n'ai pas pu rester.

Depuis, dans ce camp, j'attends.

Je rends grâce à la meute de m'y avoir obligée. Du « Musulman », de ce Nom, de sa fabrique, j'ai beaucoup appris.

Si à l'injonction, à l'assignation qui m'est faite, je réponds, « Musulman », je suis ! J'étouffe.

C'est au silence qu'on me condamne.

Les services en activité dans ce camp feignent de l'ignorer. Du « Musulman », de nous, ils ne veulent rien. Rien. C'est une volontaire certitude quant à notre nature dangereuse qui a suffi à leur pouvoir. Nous sommes, ont-ils dit, le mal. Ainsi en ont-ils décidé. Mais en sont-ils pour autant convaincus ? J'attends depuis bien trop longtemps dans ce cabanon en zinc qui me sert de cellule pour qu'ils n'en comprennent plus la raison. Des prisonniers qui sont enfermés ici, peu seront réclamés et l'État qui nous maintient ainsi, même innocents, ne sait comment nous rendre notre liberté. Cet État, dit-on, a ignoré les lois de la guerre. Je crois, quant à moi, qu'à cette défaite il a été mené. Que peut-il nous reprocher dont il ne se soit lui-même rendu coupable ? Aujourd'hui si ses soldats nous tuent, ils se condamnent. Cette indignité, ils se la sont infligée. Seul un incessant bruit de fer peut encore la couvrir. Mais jusqu'à quand ? Tôt ou tard, c'est ainsi, il leur faudra se rendre au tribunal des hommes. Nous, l'attente, nous l'avons acquise. La peur nous a quittés. La honte, c'est à leurs pieds qu'elle est maintenant clouée.

Ce lieu où je me trouve, je n'en connais ni l'étendue ni même le nom. On nous y lâchera peut-être. Qui sait ? Ils partiront. Cayenne n'a pas sombré. Pour le moment, nous sommes isolés, séparés les uns des autres. Loin de toute humanité, nos surveillants apprennent, non sans mal, que nos langues ne sont pas communes.

Nous fûmes ramassés à un endroit et déposés là. Pour certains, ce fut l'unique voyage. Les plus anciens en sont encore sonnés. Ils tremblent. Combattants acharnés et féroces, ils se vouaient au sacrifice, au martyre et à l'au-delà. Ils sont morts comme vivants. Quant aux autres, nous autres, il en arrive chaque jour.

Je sais qu'on se soucie de nous. Mais du sentiment que, nous, nous avons de nous, qui s'en soucie ?

Tout ce en quoi j'ai cru est mort. Seule ma langue ne veut pas mourir.

# Acte I

## *LA NUIT DE L'ÉLÉPHANT*

UNE NUIT, j'ai perdu ma langue. Ma langue maternelle. J'ai à peine cinq ans et quelques semaines de vie en France. Cette langue que je parlais, une langue orale, une langue de contes, de récits d'ogres et de légendes, je ne la parlais plus. En une nuit, une nuit de rêve ou de cauchemar, j'en parlais une autre, la langue d'Europe. Je suis venue à elle cette nuit-là. La nuit où, endormie, j'ai croisé l'armée des éléphants...

*Dans la pénombre, les éléphants transparents défilent.*
*Ils sont les uns dans les autres, dedans dans les autres et moi en eux.*
*En dedans d'eux, j'étouffe.*
*De en dedans à dedans ils me traversent. Je pousse.*
*Dans le ventre des éléphants je pousse, je passe.*

Dedans je rentre, je pousse. Je rentre en un autre, je pousse.
Dans le ventre, je nage de mes pieds de mes mains, je
passe. En dedans je rentre. Je pousse à la nage, je passe.
Je rentre.
Je pousse, je passe, je rentre.
Je pousse,
je passe, je touche.
Je touche la porte,
je tire.
À la nage je tire je passe je ferme.

Derrière la porte, les éléphants.
Derrière la porte, pas de langue.
J'ouvre la bouche, pas de voix.
Sans langue, pas de langue.
Sans mot pas de rêve. Pas de mots.
Ils sont derrière. Moi dehors. En dehors.
Une voix me dit, Coche les mares noires ou sombres.
Je tombe.

Je tombe sans mot jusqu'au jour.

Que fais-tu dans le couloir ? Ma mère me parle dans une langue à laquelle je ne réponds pas. Je ne réponds plus. À laquelle pendant longtemps je ne vais plus répondre. Je suis allongée devant la porte de ma chambre. Je sais qu'il y a un danger derrière elle. Je crois l'avoir fermée à clé. Il ne fait pas tout à fait jour. Je suis en sueur, trempée. Je me souviens d'avoir dit, Les éléphants. J'ai dit à ma mère, Les éléphants, mais pas dans sa langue. J'avais peur. Et je n'ai pu lui dire. Plus de mots à lui dire. L'Algérie était derrière. J'étais en France depuis peu. Les éléphants étaient dans ma chambre. Celle où se trouvaient encore mon frère et ma sœur. Je les avais laissés avec eux. À cause d'eux, les éléphants, je quittais tout. Mon frère, ma sœur. Ma mère, ma langue. J'allais à contre-courant. Je n'avais plus de nom.

Ce songe, je l'avais oublié. Sans la terreur du monde qui cogne à nouveau je ne serais pas parvenue à le poser.

LA NUIT DE L'ÉLÉPHANT C'EST, pour les musulmans, la naissance de l'enfant Mahomet. Ce fut, disent les récits, lors de la défaite devant La Mecque de l'armée d'Abrahâ, le souverain abyssin. La légende raconte que c'est montés sur des éléphants amenés on ne sait d'où que ces étranges bataillons militaires entreprirent de détruire la ville. À la vue de ces animaux, les Mékkois prirent peur. Ils s'enfuirent vers les montagnes. Mais c'était oublier la puissance divine, qui envoya des milliers et des milliers d'oiseaux tenant en leurs ailes des cailloux qui terrassèrent les éléphants. L'attaque sema la confusion et la débâcle. Tous moururent d'infections. Et la ville, devenue sainte, fut épargnée. Cette nuit-là, en ce lieu, le premier des musulmans est né.

Ce dont je suis sortie, je ne peux l'ignorer. Ce dur combat, je ne peux l'oublier. Je suffoquais. Il y en avait tant et tant, des éléphants. Ils étaient les uns dans les autres et moi je passais de l'un à l'autre, dans leur ventre. J'ai poussé en dedans et je les ai quittés. Que m'avait-on appris sur eux, les éléphants ? Et quand et où ? Qui les a mis dans ma chambre ? Comment sont-ils parvenus jusqu'à moi ? Me faisaient-ils la guerre ? J'étouffais, ils m'écrasaient, mais je ne savais rien de leurs intentions. Que me voulaient-ils ? Ils traversaient en nombre infini, les uns dans les autres, l'espace dans lequel moi je reposais. Je me suis débattue. Contre eux je suis allée.

N'as-tu pas vu ce que ton Seigneur fit des gens de l'éléphant ? dit le Coran. N'a-t-Il pas plongé leur stratagème en plein fourvoiement ? Contre eux Il envoya des oiseaux par vagues, leur lança des pierres en fait de sceau. Il les rendit pareils à un chaume dévoré.

Et moi, ai-je pu vaincre une telle armée ? J'ai survécu. Et je suis partie. Partie sans eux. L'avais-je entendue ma mère, me raconter la naissance de l'enfant Mahomet ? Petite, de sa langue je ne m'écartais jamais. Pourtant, de ce récit je me suis éloignée. Pourquoi n'ai-je pas fait comme dans l'histoire ? Si les Mékkois les avaient fuis, pourquoi j'étais allée en eux, les éléphants ?

Je suis née au monde avec une langue mineure. Une langue qui ne fait que se dire et que par tradition on ne lit pas. Nous l'appelons langue tamazight. Langue des peuples berbères qui, malgré l'histoire et les conquêtes venues d'ailleurs, ont maintenu en eux un savoir inviolé. Leur langue et ce qu'elle transmet. Qu'ils soient des montagnes de l'Atlas, des territoires de Kabylie ou des Aurès, qu'ils soient mozabites ou touareg, où qu'ils se trouvent, c'est dans leur langue et en ses formes orales que l'Islam a été raconté à ces peuples.

Récite, récite, récite, aurait dit à Mahomet la voix de l'archange Gabriel, Récite ce que je te dis et un peuple ira à toi. Et cette voix qui en langue arabe descendit du Très-Haut, on dit que Mahomet sut la rapporter comme en poésie. Cette récitation frappait, dit-on, quiconque l'entendait. Est-ce pour cette raison ? Son épouse et quelques proches comprirent qu'il était né homme singulier. Ils l'écoutèrent et répandirent ses propos. Vers Mahomet, les hommes vinrent. De plus en plus nombreux, ils vinrent. Nous sommes tous les enfants d'Abraham, leur disait-il. Ses mots tombaient comme des sphères. Trop grande était sa grâce. Prophète il était donc. Il lui fallut quitter La Mecque. Ses marchands d'idoles lui répugnaient, eux le pourchassaient. Il décida d'élire un lieu. Ce fut Yathrib, à Médine, ville vivante de la mémoire des tribus d'Israël et de ses rituels. Ses disciples y arrivèrent avant lui. Un à un. Puis ce fut son tour. Mahomet, soit il le voulait, soit il le devait, aimait entendre l'histoire du peuple juif, un modèle de communauté fidèle à Dieu qu'il respectait. Sur Noé et ses fils, sur Loth et ses frères, sur Isaac, Sarah et Ishmaël, sur Pharaon, Moïse et Aaron, sur Job et ses infortunes, sur Élie, sur Salomon, sur Jacob et David, il voulut tout, tout entendre. Jusqu'à leurs règles quotidiennes, qu'il fera siennes un temps. Et c'est de l'hébreu que les Juifs, dans sa langue, lui traduisaient. Zayd, le plus jeune de ses scribes, portait dit-on deux mèches. À l'école juive il allait encore. Quant au second, Ubbay, il est dit qu'il fut rabbin avant sa conversion. À la mort de l'Envoyé, c'est à eux que revinrent sa mémoire, sa grandeur et sa gloire. Les versets étaient en leur possession. Plus tard, ils remirent ce bien à Othman. Calife et nouveau guide de l'Umma. Par le présent de leurs codex, de la rédaction du Livre ils furent les obligés. À leurs écrits et à leurs récits, on en ajouta d'autres, entendus ou retranscrits sur différents supports eux aussi. On en omit peut-être certains. Ce qui fut rapporté, on le discuta âprement mais toujours, dit-on, sous la seule bienveillance de Dieu et de Son Envoyé. Le Coran, le livre « des musulmans », on constitua. La langue arabe prenait un tout autre corps. Elle sera la langue de toute cette aventure. La langue de l'Islam.

Lire le Coran, lire ce livre qui défie l'entendement, c'est comprendre qu'il nous est venu par les langues de l'étranger, celles de l'Ancien et du Nouveau Testament. L'Islam, en reprenant la parole de l'étranger, en partageant ses histoires, en remplaçant certaines versions par d'autres, en les donnant ensuite à ceux qui les ignoraient, dont ceux qui ne parlaient pas l'arabe, mais aussi à celles et ceux qui n'ont jamais pu lire, leur offrait pour un temps un plus vaste monde. Un récit sans fin. L'étranger à la langue arabe, mais aussi l'Arabe étranger à l'histoire du monothéisme, auraient-ils dû le refuser ? Ils étaient passeurs, traducteurs, ceux qui racontèrent le Coran à ceux qui ne pouvaient le lire. Et depuis, c'est en dehors de l'arabe, en dehors de cette langue, que des millions d'hommes et de femmes ont porté le message du Prophète. L'Islam n'a pas contraint la langue des hommes. Et la nuit, jusqu'à il y a peu encore, les mères instruites par la seule parole continuaient à bercer leurs enfants de la belle saveur des mots. En somme, pour elles et pour leurs enfants, le livre des histoires s'ouvrait plus grand.

Ma langue et d'autres langues, des récits de la langue arabe se sont nourries. Et c'est pour ce don, son don d'histoire et son apport aux langues que l'arabe fut, et pour longtemps, une langue vénérée. Raconter un livre, dire son arrivée et son origine, dire ce qu'il contient, dire sa langue et ses formes, c'est dire ce qu'il est. Lire le Coran sans cette capacité, c'est avouer que par lui on a été vaincu. N'en déplaise aux émules de l'ignorance frappée du sceau de notre époque, de l'Islam les langues avaient su tirer leçon. De lui elles recueillaient un trésor.

En France, je ne pouvais dire cela à quiconque, j'étais enfant. Je vivais une langue que je ne pouvais transmettre. Comme dans le conte de Myriama, où le conteur ne peut s'arrêter tant que le dernier écoutant ne s'est endormi, je ne savais pas la contenir. Mille fois je l'éprouvai, continuellement elle se déroulait. Moi, la nuit des éléphants je ne courus pas pour m'échapper, j'allai en eux. Dans leur ventre. En quoi ai-je pu croire ? Qu'à nouveau je pourrais les vaincre ? Et vaincre qui ? Est-ce que je voulais les faire reculer ? Changer le cours de l'histoire ? J'ai tout laissé, Mahomet, les éléphants et ma famille. Ils étaient derrière, traversant encore, piétinant la terre vers un conflit qui les fit tous mourir. La Nuit de l'Éléphant, c'est la naissance des musulmans. De ceux de l'Éléphant, je n'ai pas voulu être. Et des Arabes, dont j'ignorais la langue et les règles, en France, je souffrais d'être, je n'en étais pas. Je les ai quittés. Les laissant tous pris dans le cube de ma chambre. D'eux, je m'écartais.

JE ME SOUVIENS, jeune adulte, de m'être rendue à l'appel d'un spectacle de cirque qui annonçait un numéro d'éléphants exceptionnel. À leur entrée en piste, je ne fus pas déçue. Leur imposante masse m'impressionna. Ils étaient nombreux, se tenant près les uns des autres, suivis de leurs petits. À peine le dresseur les mit en cercle et les fit asseoir sur leur postérieur, j'ai été prise d'un sentiment de dégoût et d'indignation. Les voir, l'arrière-train posé au sol, levant les pattes en guise de salut au public m'avait attristée. J'avais honte de cette position. J'étais affectée. Je sais le ridicule de cet aveu. J'ai quitté les éléphants et me suis détournée de ce cirque. Je trouvais indigne ce qu'on leur faisait. À eux qui ont engendré tant de choses et porté si merveilleusement le monde, il ne leur restait donc plus que ça pour ne pas mourir ?

ENFANT, ON M'AVAIT DIT tu es née d'Adam et Ève. Sœur d'Abel et de Caïn. Fille du fils d'Abraham. Mais d'Ishmaël, le fils de l'esclave Agar ou d'Isaac, le fils de Sarah, des deux fils circoncis, je ne savais lequel le père avait porté au mont Moriah. Je ne savais pas lequel avait été l'élu. Le premier texte disait, c'est Isaac. Mais le Coran, qui dans son principe annule ce qui l'a précédé, corrigeait l'histoire en omettant le nom du sacrifié. De qui étais-je issue ?

Cette énigme, je l'ai choyée comme une fortune. Ainsi on effaça un nom. On n'osa peut-être pas en mettre un autre à la place.
Est-ce de l'un, de l'autre ou bien des deux que devait naître une grande nation ?

Sarah demanda à Abraham d'éloigner l'esclave et son fils. Le patriarche en était triste. Il remit à Agar du pain et de l'eau. La mère mit son fils sur ses épaules et marcha vers le désert. Épuisée, elle parvint à une source. Elle y déposa l'enfant. Et puis, d'elle, l'histoire ne dit plus rien. Plus rien. Sa vie s'arrête. L'enfant se retrouvait sans père et Agar disparaissait dans les limbes du récit. Ainsi je venais peut-être de lui, d'Ishmaël, le fils abandonné né d'une mère esclave répudiée. D'une mère qu'on effacera. Qu'on oubliera. Et par là même d'une femme dont on effacera la descendance. Je m'inscris donc dans cette origine-là. Et même si on veut mettre fin à mes errances en me nommant comme on me nomme, c'est par la seule existence d'Ishmaël, l'enfant abandonné, que j'ai échappé à la rigueur du père unique. Abraham, Abraham, aurait pu dire l'ange de la Genèse, pourquoi l'as-tu abandonné ? Les rédacteurs ne l'ont pas relevé. Je viens d'une famille sans père. Vers qui je devrais quand même aller ?

Je suis de ceux qui sont nés l'innocence blessée. Comme d'autres encore, c'est la guerre qui m'a chassée de mon pays. L'espoir est ce qui motive au combat, les chefs le savent. Le comprenant, ils troquent la peur contre l'espoir. Et il suffit de se faire bourreau pour y parvenir. Ainsi ils durent. Depuis ce temps ces hommes règnent par le mépris, le mensonge et la terreur dans le pays où je suis née. Là-bas j'aurais dû vivre. Cet espoir-là a été tué. Quand l'espoir est décapité, il faut fuir. Et la France, qui de ce gâchis était aussi la cause, ne put me refouler.

J'y ai été emmenée par la faute de mon père. De l'Algérie il fut banni par ses frères. Banni comme tant d'autres l'ont été. Comme tant d'autres le seront. Bannis sans nom, soldats supplétifs des armées coloniales, devenus traîtres à leur pays. Ils sont les bannis et les restes muets des guerres de Corée, d'Indochine, du Viêtnam, d'Algérie, d'Irak et d'ailleurs, qui accompagnèrent jusqu'à leur retour au pays, endossant leur honte, ceux qui furent les perdants de ces guerres. Mon père, c'était ça. Il en était. D'ailleurs ce n'était pas mon père. Il n'a été que mon géniteur. Je n'ai jamais su le nommer. Je n'ai pas eu de père. La guerre me l'avait bousillé. Je sais que j'ai été un être. Pas lui. Lui, il ne l'est jamais devenu. Disons que vivant il était mort. Il ne l'a pas eue sa vie. Il est né mort. Un homme à qui on a pris sa dignité d'homme dès l'enfance. De ça, il ne s'est jamais remis. Mais comme tout ce qui est mort et qui vit quand même, on peut dire qu'il n'est rien devenu. Il n'a pas pu. Muré qu'il a été dans cette maison du crime qui l'avait recueilli, il n'est rien devenu. Il ne le voulait pas. Il était moins qu'un être mineur. Ou plus que le mineur. Il s'est tué. C'est dans ce refus qu'il avait logé sa conscience. Je n'avais ni père, ni patrie, ni religion. J'ai cru que ces gages, qui m'avaient été remis avec la mort de cet homme, auraient été suffisants pour justifier et garantir ma vie sur ce continent européen devenu propre. Mais il n'en fut rien. Au moindre petit accroc, on me soupçonna. On me désigna. On me redonna un père, une religion et une vocation ; un Nom. « Musulman », je sais que c'est sans fin. Je me suis offert un sursis. J'étais assignée au Nom. Vigilante, je me devinais, fuyant devant.

J'AI SU L'EXISTENCE du Nom à l'âge de dix ans. Il était tard et j'ai, comme à l'accoutumée, voulu regarder l'écran aux histoires. Cet écran pour de multiples raisons m'était peu autorisé et c'est en cachette, comme dans la nuit, qu'il m'arrivait de me coller à lui, à ses images et à ses voix, qu'il me devenait intime. *Nuit et brouillard* me disait, Il y a eu six millions d'hommes et de femmes tués. Tués parce qu'ils étaient... Ici, dans ce pays. Pour la première fois je prenais la mesure d'un mal que j'ignorais. Ici, ce n'était pas pour moi seulement l'Allemagne mais aussi la France, le pays où je vivais. Je prenais la mesure de cette chose, cet « ici », j'entendais, je comprenais que, sur ce vaste territoire européen, on arrêtait les gens pour les mener à l'abattoir à un endroit de ce vaste continent et qu'ici, dans ce pays où j'habitais, on arrêtait les gens pour les mener à la mort et j'entendais que tout ça disait, On n'en veut pas, d'eux on n'en veut pas, pas d'eux...

Eux, ils n'avaient qu'un Nom. Un seul Nom. Et personne ne s'est soucié de ce mal qui était en lui, aucun n'a témoigné de ce mal qui était en lui, et ce que signifie cette chose qu'on dit encore, On n'en veut pas, d'eux on n'en veut pas, de lui, d'elle on n'en veut... Et, toujours, cette phrase me fait voir des trains en partance pour la Pologne...

« De toutes les excuses que les intellectuels ont trouvées aux bourreaux – et les dix dernières années ils n'ont pas été oisifs en la matière – la plus pitoyable est que la pensée de la victime, pour laquelle on l'assassine, était une erreur. »

De tout cela, il m'est resté cette phrase. Seule cette phrase, que j'ai trouvée pour vivre, « La pensée de la victime, pour laquelle on l'assassine, était une erreur ». Depuis ce temps, j'épie. J'épie la meute et ses mensonges. Et quand la

meute à nouveau traque l'homme, quand c'est toi qu'elle
avilit et dégrade, alors, il faut fuir. Quitter la meute et ses
attentes. Je suis partie.

Je n'espérais qu'une chose. Qu'on me laisse du temps. J'ai
eu ce temps. J'ai su que je ne ferais aucun retour. J'aurais
aimé une vie, vivre comme je l'entendais. Cette vie m'a été
refusée. J'ai surgi d'un nulle-part. Ni poisson, ni dauphin.
Mais comme sortie de l'eau enfin. Je ne suis pas grand-
chose. Un machin venu là, qui n'a jamais bien vécu ça,
mais là quand même. Je pouvais donc partir, vivre ailleurs
et porter dignement mon visage sans gloire. Je voulais une
vie. Une autre vie. On ne pouvait pas me traquer moi
seule. Et je l'ai trouvée quand même cette vie. Elle
n'a duré que quelques saisons. On m'a rattrapée. On m'a
arrêtée. On a enquêté. Et mon identité fut retrouvée. Que
faites-vous ici ? m'ont-ils demandé. Vous avez un pays ?
Oui, mais dans ce pays je n'ai pas pu rester.

Depuis, dans cette tôle j'attends.

COMMENT JE VIS CES DERNIERS JOURS ? Chacun me veut et me condamne. Tu es l'un des leurs ? Non. Tu es des nôtres ? Non. « Musulman » pourtant tu es !

Ceux qui ont hurlé ce Nom pour moi sont parvenus à leurs fins. Le Nom, depuis l'âge de dix ans je sais ce qu'il recèle. Et quand « Musulman » est dit parfois comme pour évacuer une puanteur, j'y sens moi une infection des dents. Ce parleur, me dis-je, est un édenté en quête de prothèse. Je lui trouve mauvaise pensée et mauvaise mine. Lui, il croit qu'en ayant ma peau son sourire lui reviendra. Un peu d'amalgame et le tour sera joué. Il reprendra sa gouaille et sa bouche sera comme neuve. En attendant, l'infection est là. Je suis celle par qui le mal advient. « Musulman » je peux exister. Mais l'édenté le refuse. Il me refuse cette existence. « Musulman » tu es. C'est ton Nom. Il sait comment il a façonné son mot et pourquoi il insiste à me nommer comme il me nomme. Et, s'il le faut, il ira fouiller dans la tombe de mon père. Lui, me dira-t-il, il le savait que c'était un homme mort. Combien de fois déjà au nom de grands principes les nations se sont-elles livrées à ce jeu ? Elles nomment, elle dénoncent, tuent et elles effacent. Elles tuent, elles effacent et elles dégagent. Le mépris, la violence, le mensonge. Le meurtre, l'oubli et l'avenir. Qui peut encore croire au miracle ? À une promesse ?

Quand on connaît la scène des mises au pas, on n'y assiste pas deux fois. C'est comme un meurtre sans alibi, une farce. Le mort y est déjà gisant et les acteurs y sont sans rôle. On tire le rideau. C'est fini. Et ce malheur il me faut vivre avec. Il se peut que d'autres vivent alors ce que je suis. Je ne suis pas comme on me nomme et pourtant on me nomme comme on me nomme. Ce Nom qu'on m'attribue, je sais la haine qui de tout bord le travaille. Elle mène au meurtre. Ce Nom dont j'ai hérité, ce Nom dont je ne peux m'écarter pour faire de moi un meurtrier, de tout côté on tente de le réduire. Mais à quelle fin ? Nous avons éteint les dieux. Du monde nous avons défait le chant. Maintenant nous massacrons Dieu. À quelle fin si, de l'hymne sans voix qu'il nous restait, nous détruisons la mémoire par le seul bruit de la fureur ?

Je suis devenue « Musulman ». Cela je ne peux plus l'effacer. De la fange du monde capitaliste, le pétrole boueux, sont parvenus les pourvoyeurs de morts, les Instrumentateurs de la planète. Des hommes-à-face-de-pitbulls que leur force mécanique pervertit et enrage croisent des hommes-en-noir-cracheurs-de-morts tout aussi animés de violence et de bêtise. De moi, ils ont fait leur proie. Ces deux espèces veulent ma mort. Juste ma mort. La mort de mon monde au profit du leur. Ce monde qu'ils explosent était le mien. Et je n'ai pas su le protéger. Ils m'ont taillé un vêtement à leur mesure. Ils me nomment « Musulman ». Ils me rappellent et me convoquent. Je suis leur otage contraint, témoin de leurs exactions toujours commises en mon Nom. Et parce que je suis pour l'un l'ennemi et pour l'autre le témoin, je suis brutalisée, maltraitée, méprisée et assignée. Comment, en ce cas, marcher résolument dans le monde ? La vie qu'on me devait, je ne l'ai pas eue. J'ai quitté l'Europe. Mais quelle terre, autre que déserte, pouvait encore m'accueillir ?

Si le dieu argent du capitalisme a fini par croiser sur son chemin le Dieu unique des enfants de l'esclave Agar, c'est à des fins utilitaires et désenchantées. Il feint de choisir pour eux le moins mauvais des règnes. Ils se doivent, dit-il, de lui ressembler et pourtant leur mort il l'a programmée. Voyez leur origine. Ceux-là se disent de notre famille ! Voyez comment ils vivent ! Surtout, il ne faut pas les détruire tous. C'est une masse qui sert notre dessein. Il suffit de les humilier. Humilier davantage.

Quand on dépossède un homme de ses biens et de ses terres, quand on le rince jusqu'au dernier pain, quand on lui replie sa dignité et qu'on l'affame et l'avilit jusqu'à la nudité, c'est qu'on ne veut pas voir en lui un homme, mais un rat. Et ils sont nombreux les endroits du monde où déjà la peste et le choléra pullulent. Et rien n'y fait, le scénario s'étend. Le *telos* mythologique s'est fourvoyé dans les écrans plasma et des dragons de fer pourchassent au nom du bien des démons sans corps qui terrorisent les âmes au nom du mal. Ce combat, c'est avec nous tous qu'il a lieu et ceux qui meurent ce sont bien des hommes. À nouveau l'humanité est en panne. Et le rêve commun est anéanti. Le dieu Dollar a gagné la première manche. Et s'il se gonfle d'être le seul maître à bord du pétrolier, il ne sait pas ce qu'il répand. Qui ignore la peste ignore les rats. Cette espèce-là s'adapte vite. Il se pourrait qu'en l'état, elle ait engendré des spécimens hybrides. Quelques-uns de ces rongeurs se nourrissent déjà de fer. Du bateau ils feront une épave.

Je suis un « Musulman ». Je n'ai pu m'y soustraire.

# Acte II

## LE PETIT POUCET
## ET LE NOYAU MAGIQUE

L'ENFANCE M'A CONDUITE jusqu'à ce lieu. D'elle je n'ai qu'une seule image. Une photo. Je suis en Kabylie. J'ai l'âge de marcher mais je suis attachée par un châle au dos de ma mère, un fichu gonflé autour du crâne. Elle m'a dit que sous ce tissu elle disposait des rondelles de pomme de terre pour me soigner les maux de tête. Est-ce que cela m'arrivait souvent le mal de tête, enfant ? Je n'avais pas de médicaments, m'a dit ma mère. Le mal de tête, je l'avais souvent ? Constamment, m'a-t-elle dit. À l'instant, ce mal me revient. Je me souviens du bras brûlé de mon frère alors qu'il avait à peine cinq ans. Je n'ai jamais pu oublier ces cris et ces agitations folles alors qu'on lui arrachait du corps son petit polo vert en acrylique sur lequel il s'était renversé du lait bouillant en se précipitant. J'ai vu toute sa chair venir avec le maillot. Lui, ce cri de la brûlure résonne en moi comme faisant écho à celui de mes premiers pas, quand terrassée par la faim j'ai voulu prendre à ma cousine, ma sœur de jeu, quelque chose de son repas chaud. Elle m'a renversée au sol, sur la poêle pleine d'huile d'où sa mère venait d'extraire l'alléchant beignet qui allait faire de moi une enfant brûlée pour de nombreux mois. Il me reste peu de traces de cet incident, mais du cri, encore je m'en souviens. J'ai voué une colère immense à cette enfant. Puis elle est devenue muette et sourde. Plus tard, son malheur s'est doublé d'une dégénérescence mentale et physique. Je ne voulais ni l'entendre ni la voir. Ce malheur me renvoyait trop à notre famille, à son histoire. Ce mal que je lui avais souhaité, je comprenais que je l'avais voulu comme une punition. Pour les punir eux de toute cette merde qui me collait. Rien de religieux là-dedans. Il suffit de le comprendre. Chaque rencontre avec elle a été une douleur. Je ne peux m'empêcher de penser à nos jeunes années, à notre misère matérielle et à ces pères broyés par la guerre qui ignoraient tout de nos existences. Elle perdait sa langue. Elle cessait de parler.

Un jour, je l'ai accompagnée à Paris. Elle devait séjourner dans un centre qui accueillait des enfants comme elle. Nos pères étaient présents. Nous sommes entrées dans une salle où se trouvaient des tables et des casques. Ensemble, nous avons joué avec ces appareils. Nous avions six ans et juste quelques mois de vie dans ce nouveau pays. Elle perdait sa langue. Elle nous quittait. Sa maladie s'accélérait. On lui faisait faire des tests. L'endroit était tenu par des sœurs. Il y avait aussi un médecin. Ils étaient face à nous et nous assis derrière elle, nous l'entendions dire avec une très grande lenteur les e, e qu'ils tentaient de lui faire répéter. Heu, heu, répétaient les sœurs. Eux. Eux. Disait ma cousine. C'était l'année soixante-huit. Paris était en révolte. Sa jeunesse à nouveau envahissait la rue. La révolution tendait sa main et elle avait de beaux projets pour le monde. Sous les pavés la plage, lisaient nos pères. Le slogan publicitaire s'offrait un boulevard et dans l'usine de médicaments où ils venaient d'être engagés on leur parlait de grève et d'insurrection. Eux craignirent à nouveau pour leur vie. Nous étions des enfants. Des petites filles secouées par trop de malheurs.

Elle n'est pas revenue avec nous. Nous l'avons laissée seule dans ce pensionnat pour enfants sourds et muets. Dehors, dans la cour, il y avait d'autres filles. Des grandes. Toutes plus grandes. Et elle, qui était sourde et muette, elle qui ignorait tout de ce pays et de sa langue, on l'a laissée. On l'a laissée seule. Ses parents n'eurent pas d'autre choix.

Plus de mots. Plus de mélodie. Juste quelques sons suspendus. Ainsi ma cousine était devenue, L'Enfant qui ne parlera pas.

Adulte, elle est revenue chez ses parents. Elle était un peu réparée, m'avait-on dit. Je suis allée la voir. Elle portait sur le visage un sourire résigné. Avec effort, elle sortait quelques sons de sa bouche. Elle m'a dit des mots cassés. Elle n'était plus muette. Mais elle n'était même pas bègue. Cette figure, je comprenais d'où elle venait. Que lui avait-on fait ?

Rien ne nous consolera de ce qui a eu lieu.

À CINQ ANS, j'ai laissé les miens pour apprendre seule à sortir d'une communauté qui ne me voulait pas telle que j'étais née : exclue. Si je n'y étais pas parvenue, je n'aurais été qu'un bloc de douleur contenu par le silence.

Dix ans après je me souviens d'être allée vers ma mère pour lui demander, dans sa langue, la raison pour laquelle je faisais toujours le même cauchemar.
Des vieilles me courent après. Elle me dit : Ce ne sont pas des vieilles, mais des enfants. Je lui montre ma cicatrice à l'œil et je lui demande qui m'a donné ce coup. Elle me dit, Ce sont les enfants et moi je lui répète que non. Non, il n'y a que des vieilles. Des vieilles qui me courent après avec des bâtons.

Ce cauchemar a cessé. Il a cessé après que j'ai pu lui dire dans sa langue, Je cours, je cours très vite, je me retourne, les vieilles me courent après, je crie, je les insulte, je cours, je cours très vite, je hurle, je leur dis qu'elles ne m'auront pas et, au moment où elles vont m'attraper, j'ouvre la porte, celle de la maison où nous vivions, je rentre, je la pousse et je me réveille exténuée. Les vieilles sont derrière la porte. Ce sont les enfants qui te couraient après, me dit ma mère. Parfois tu te sauvais de la cour, tu voulais aller dehors et là tu allais les voir, juste pour leur dire que ton père allait revenir. C'est eux qui te jetaient les cailloux. Ce que tu as à l'œil ce sont les enfants qui te l'ont fait. Pourquoi des vieilles alors ? Pourquoi je ne vois que des vieilles ? Pas des enfants. Pas des filles comme moi. Elle ne sait pas. Elle me dit juste, Tu ne vivais qu'avec des femmes et des enfants comme toi. Des femmes, des mères vieillies par la souffrance et la mort. Elles pleuraient leurs morts et toi tu réclamais ton père emprisonné, harki vivant encore. Elles, elles voulaient sa mort. J'étais la fille de l'impur. Le rejeton à virer d'une société nouvelle, née en 1962. En Algérie, il y avait eu les morts, les martyrs et les combattants. Le reste, et « les survivants », cet entre-deux des guerres, cette lumière trop humaine, il fallait l'éteindre. De cette communauté en marche et de son avenir j'ai donc été évacuée. Je comprenais enfin que le malheur, dans cette histoire, n'était pas de mon seul côté. Je venais de parler à ma mère dans sa langue. Dix ans que je ne lui en avais pas soufflé un mot et voilà que je lui parle cette langue. Seule et abandonnée je n'étais plus. Le temps avait fait son travail. Je me tenais debout et rapprochée des miens. Je n'ai plus jamais croisé ces femmes la nuit.

Pourquoi, quelques mois après avoir quitté l'Algérie, je n'ai plus parlé ma langue et dix ans après je l'ai retrouvée ?

J'étais en France. Je parlais, j'apprenais une nouvelle langue. Celle de l'école. Il y avait le nouveau pays, la nouvelle langue mais surtout il y avait l'école. Ce Nouveau Monde qui se penchait vers moi pour me demander de l'apprendre. On se penchait vers moi, un doigt posé sur le mot. Dis, Le. Dis, Le. Le petit. Dis, Le Petit Poucet. Moi, je pesais trois grammes. Dans le pays de ma mère, je n'avais jamais mangé. Le Petit Poucet, lui, il était le dernier, le dernier comme moi, d'une famille devenue trop pauvre. Le Petit Poucet. J'étais lui et mon père était revenu. Maigre, triste mais revenu. Cinq ans, je n'ai pas mangé. Je l'ai attendu, j'ai attendu qu'il revienne. Il est revenu. Non, il est venu. Je suis née sans le connaître. Lui à ce moment-là il était en prison. Cinq ans je ne l'ai pas vu, et il est arrivé. Il s'est évadé et nous avons fui. Quitter l'Algérie pour ce pays. Mon père était enfin arrivé mais il ne m'a pas vue. Lui je l'attendais et il ne pouvait rien me donner. Alors j'ai donné la main à cette femme qui à l'école se penchait vers moi. Et elle me l'a donnée sa main. Elle me l'a donnée chaque jour où je l'ai eue à mes côtés. Lis. Lis ma fille et M$^{me}$ Boulanger eut sur moi l'effet d'un ange au moment où lui, Le Petit Poucet, qui aimait ses frères pauvres, croisait sur son chemin l'oiseau mangeur de mie qui allait le perdre. J'ai parlé la langue d'Europe en un jour. Le jour où il a perdu son chemin, moi ce jour-là, la nuit des éléphants, j'ai parlé la langue de l'enfant Poucet. J'ai quitté les miens pour le rejoindre lui. Mon compagnon d'infortune comme moi trahi par les siens. Sa compagnie était devenue mienne. Ensemble, ses frères et moi nous pouvions faire une famille. De la forêt je n'ai pas souhaité sortir. Le jour, j'y entendais le chant des oiseaux et le soir, quand se dessinaient les chemins sombres, je m'animais d'un grand plaisir. Encore une nuit, une nuit avec eux. Sans cesse je montais aux arbres, sautant et jetant au ciel des mots à notre avenir. Notre vie, en ces lieux, jamais je ne voulais qu'elle s'interrompe. Pour eux, je ramassais les merveilles et faisais des abris de bois. Allongés, montés dessus, nous levions les yeux vers les étoiles et les renversions au sol en regardant en bas s'agiter les vies nocturnes. Tout ce monde nouveau qu'il me fallait apprendre, c'est avec la langue du Petit Poucet que je le négociais.

J'ai attendu dix ans. Dix ans pour revenir vers ma famille. Quand il fallut avec le Petit Poucet sauver les siens. Il me fallut affronter les ogres et les vaincre. Ceux des contes de mon enfance que j'avais abandonnés la nuit des éléphants, il me fallut les reconnaître et puiser dans ma langue maternelle les mots enfouis capables de les vaincre. Dix ans pour comprendre que j'avais aussi un chez-moi. Ma langue maternelle. Le Petit Poucet est rentré sans moi. La langue de l'enfance, ma langue d'ailleurs, celle de ma mère, la langue mineure m'a recueillie. Cette langue que j'avais éteinte la nuit des éléphants, je l'avais donc bien eue. Je sais que je l'ai eue. Comment alors suis-je devenue sans voix ? Ma mère vivante venant vers moi dans le couloir me demandant ce que je faisais au sol n'était plus ma mère. Je me souviens de mon corps assis face à la porte de ma chambre fermée. Le visage vers le bas, elle me parle, je la comprends mais je ne lui parle pas. Je ne lui parle plus. Elle me demande ce que je fais, je sais ce qu'elle me demande, parce que le jour se lève et qu'il est tôt, qu'elle s'est levée pour sa prière et qu'elle se demande ce que son enfant trempée de sueur fait là dans ce couloir et moi je ne lui réponds pas. Aucun son ne sort de ma bouche. Je ne peux plus lui parler. Et pourtant je l'entends. Je la comprends. Je fréquentais un monde que seule cette langue avait pu me transmettre. Donc je la comprenais. Et si je l'ai gardée c'est que cette langue, depuis l'enfance, m'avait accompagnée. Mais en France, elle me disait un univers qui ne pouvait convenir à ce que, dans ce pays, on attendait de moi. De ce conflit j'ai dû m'échapper. Je n'avais eu qu'un ange pour me garder. Seul un ange qui me demandait de lire. Mais celui qui de moi aurait dû m'instruire, lui dans ce pays, durant tout ce temps, nulle part je ne l'ai croisé. Ma langue fut mon seul recours. Il me fallut la reprendre.

Je sais la solitude de l'enfant déplacé. Il lui faut s'arracher à son récit et comme en aveugle il se doit quand même d'avancer. On le somme d'entreprendre, vierge de tout savoir.

Ta langue est morte, me disaient les livres. Pourtant ses mots je les avais seulement murés. J'ai appris qu'une langue ne meurt pas. Les langues ne meurent pas. Je suis née dans un territoire étroit. On me court après. On me court toujours après, je cours, je trouve la porte, je claque la porte, je la ferme à clé. Je suis sauvée. Je suis toujours derrière une porte fermée pour vivre. À quinze ans, c'est dans ma langue retrouvée que j'ai brusquement demandé à ma mère, Quelles sont ces femmes qui me courent après ? Elle me dit, Ce sont les enfants. Les enfants te couraient toujours après. Tu allais les voir et tu revenais en courant. Et cette marque sur mon œil gauche ? Ce sont des enfants. Que les enfants ? Moi je ne vois que des vieilles, des vieilles qui me courent après. Je veux savoir pourquoi ce sont elles que je vois. Pourquoi je ne vois que des vieilles ? Dis-moi, pourquoi je ne vois que des vieilles ? Elles sont toujours là, derrière, comme ces figures sans dents des peintures espagnoles ! C'étaient des enfants. Que des enfants. Non, il y avait des vieilles. Je le sais, je les ai vues !

J'ai tellement couru.

J'ai toujours couru quand j'avais peur. Couru pour échapper à l'armée, au soldat. Couru pour échapper au bâton, au caillou ou à la main du violent. Couru pour échapper à celui qui me parle en hurlant dans une langue que je ne comprends pas. Est-ce qu'on sait ce que c'est ça ? Un soldat qui hurle à un enfant une langue qu'il ne comprend pas ! Couru jusqu'à une porte. Toujours je cherche cette porte. Partir, sortir, fuir. Trouver une porte. Un abri. Et tout ce temps, je m'enfermais à clé.

Un jour, j'avale un pépin d'orange. Ma mère n'est pas là. Je ne sais pas pourquoi mais elle n'est pas là. Elle est peut-être à l'hôpital. Elle met au monde mon frère. Mon frère qui l'a épuisée. Elle n'est plus là depuis des jours et je ne vais pas la voir. Je suis en France mais je n'ai pas le droit de la voir. Mon père refuse. Mon père nous enferme. Il dit que dans ce pays il ne faut pas faire confiance. Mais, moi, j'ai un pépin d'orange dans la gorge. Alors, je me sauve. Je cours chez ma sœur aînée. Je cours vite. Je retiens ma respiration, le pépin est bloqué dans le fond de ma gorge, je dois le retenir sinon il parlera dans mon ventre. Je le retiens en courant, je le retiens jusque chez ma sœur. Houria, Houria une graine va parler, parler dans mon ventre. Elle va parler, parler à ma place. Je vais mourir. J'étouffe, j'étouffe. Ma sœur m'essuie le front avec un gant. Elle me dit, Tu peux l'avaler. La graine, je peux l'avaler ? La mettre dans mon ventre ? Je vais avoir un arbre, un arbre, lui ai-je dit. Non, tu n'auras pas d'arbre. J'ai une graine dans mon ventre qui ne parlera pas. Je n'aurai pas d'arbre ?

Je sais par cette histoire que j'entendais et comprenais enfant la langue de ma mère. Elle m'a dit l'histoire du Noyau magique, le conte de l'adversité.

Autrefois, vivait la fille d'un roi dont la beauté était si rare et si douce qu'on fit bâtir pour elle un palais qui en tout point devait l'égaler. De toutes parts, on y fit venir ce que le monde avait de plus beau. De ta demeure il ne faudra pas sortir, lui disaient les siens, de crainte que ta pureté n'en soit affectée. Chaque matin, avant de partir pour la chasse, ses frères et son père la menaient dans son palais. On la laissait seule, en compagnie de tout ce qui pour elle y avait été déposé. Sa voix, dit-on, portait le souffle des oiseaux et, avec eux, elle s'initiait à leurs refrains. Tous la comprenaient. Aux animaux elle adressait ses chants. Eux se faisaient tendres et aimants, l'accompagnant sans cesse dans ses allées. Les fleurs la saluaient à son passage, certaines accentuaient leurs traits. Elles se piquaient alors de couleurs plus vives et de maintien. Les arbres et les plantes n'étaient pas en reste. Ils délivraient à leur hôtesse, dans une langue qu'elle seule comprenait, leur pouvoir sans méfiance. La nature avait pour elle peu de secrets. Si le zéphyr venait le soir pour écarter des parterres les étamines désolées, la pluie quant à elle venait plus tard. De sa fraîcheur, elle arrosait ce décor gracieux et délicat qui faisait là sa toilette quotidienne. Ainsi préparés, c'est en habits seyants que, chaque matin, tous se présentaient devant celle qui, somme toute, par sa grâce, sa beauté et son intelligence, les élevait dans la vertu et la douceur. Un jour, un homme se présenta à sa porte. Elle refusa de lui ouvrir. Chaque jour il revint pour lui dire, Ce monde dans lequel tu vis ne durera pas. Comme chacun d'entre nous, l'adversité tu connaîtras. La princesse ne dit rien. Elle n'en parla ni à ses frères, ni à son père. N'ouvre jamais. Jamais, lui avaient-ils dit. Et chaque soir, portée jusqu'à son palanquin fermé de soie et d'or, la princesse était reconduite par ceux qui la chérissaient jusqu'au foyer de ses parents. En son absence, on remettait de l'ordre dans son palais. Les serviteurs accouraient. Ils nettoyaient les miroirs et les volières, puis les allées. Près des bancs, des fauteuils et des tables, ils répandaient des huiles odorantes et, en ramassant les feuilles et les pétales, ils caressaient les herbes d'un lait luisant. Sur les pelages, ils passaient en les brossant des onguents parfumés et avant de partir ils garnissaient l'endroit de tous les mets. La princesse vivait là dans un monde enchanté. De la mort et de la souffrance, on souhaitait qu'elle ignore tout. Mais l'homme revenait chaque jour. Veux-tu savoir maintenant ou plus tard ce que tu rencontreras ? Tu connaîtras le malheur. Cette vie que tu vis s'arrêtera un jour. Veux-tu savoir ? Dis-moi, veux-tu le savoir ou l'ignorer ? L'homme revint chaque jour. Chaque fois, il lui répétait la même question. Dis, veux-tu le savoir ? La princesse céda. Si je dois connaître le malheur faites que ce soit entourée de ceux que j'aime. Vieille je ne pourrais le supporter. L'homme s'en alla. La nuit tombée aucun de ses frères ne vint à sa rencontre. Elle veilla toute la nuit mais ne vit personne. Aux premières lueurs du jour elle courut vers le palais de sa famille. Ce qu'elle vit la foudroya. Ce n'était que désolation. Elle gravit les marches. Sur le trône, elle vit son père mort, le cœur transpercé. Elle courut jusqu'aux appartements de ses frères, tous étaient morts. Sa mère, sa mère chérie gisait sur le sol. Elle se mit à pleurer. Pleurer sans cesse. Je suis responsable de la mort des miens, se disait-elle. On l'avait pourtant mise en garde. Elle souhaita mourir mais sa douleur était trop grande. Plusieurs jours passèrent. L'homme réapparut. Elle ne parvint pas à voir son visage. Maintenant que tu sais, lui dit-il, que comptes-tu faire ? Elle ne sut quoi lui répondre. Il te faut mourir ou bien quitter ce lieu, lui dit-il. Retourne s'il te plaît dans mon palais, lui dit-elle et rapporte-moi une chose. Une seule chose. Va à l'arbre de l'adversité. Cueille le plus beau fruit et apporte-le-moi. Elle décrivit l'arbre à l'homme. Il s'en alla faire ce qu'elle lui avait demandé. Pendant ce temps, elle prépara un feu. L'homme revint. Le visage couvert, il lui tendit le bras, lui remit le fruit. Attends-moi hors d'ici, lui dit la princesse. L'homme calmement s'éloigna. Elle prit un couteau, ouvrit le fruit et en retira le noyau. Elle le jeta dans le feu et le tint sur les braises avec un bâton. Supporte ce que je supporte, dit-elle au noyau. Mais le noyau sauta du feu. Elle le reprit. Supporte ce que je supporte, dit-elle à nouveau. Mais le noyau sauta du feu. Elle le reprit et le mit encore dans le feu, sous le bâton. Supporte ce que je supporte, dit-elle, mais le noyau ne voulait pas brûler. Il sauta hors du feu. Elle renouvela ce geste sept fois. Sept fois le noyau sortit du feu. Alors elle prit le noyau magique. Elle le mit dans son sein et s'en retourna vers le trône de son père. Elle vit qu'il y siégeait avec ses ministres. Elle monta les marches. Elle entendait ses frères et leurs épouses. L'une appelait son époux. Elle monta encore. Jusqu'au dernier appartement, celui de la reine. Un valet l'annonça. Sa mère était en vie. On lui ouvrit les portes, et vers la fenêtre elle se précipita. Au loin elle vit le fantôme de l'homme qui lui avait prédit la mort des siens. Elle alla bras ouverts vers sa mère. Que fais-tu là ? lui demanda-t-elle. Je sais que dans l'ignorance vous avez souhaité m'élever, dit la princesse. L'arbre de l'adversité lui avait délivré son secret : Enfant le monde qui t'entoure est un mensonge.

Ce n'est rien, rien, un pépin d'orange. Il faut l'avaler. Avaler. Ne plus croire au miracle des éléments. Avaler, c'est ce que je ne savais pas faire. J'ai tété le sein de ma mère pour seule nourriture jusqu'à l'épuisement. L'enfance, je l'ai vécue collée à cette langue sans fin qui me nourrissait.

# Acte III

*MA LANGUE NE VEUT PAS MOURIR*

JE SUIS NÉE dans une langue mineure pour surgir d'un nulle-part lointain qui ne me voulait pas. Et une langue sans texte, ça se rive, s'accroche et se soude au corps. En ces temps de solitude et d'abandon, c'est d'elle que je tire ce qu'il me faut pour vivre. En France, ceux qui m'ont éduquée ne m'ont jamais entendue dans ma langue. Ils ignoraient même que j'avais une langue. Et dès qu'ils se penchèrent sur moi, je ne l'ai plus parlée. Je ne parlais plus en cette langue. Seule la langue française vivait. Je l'ai apprise avec envie. Cette langue ne m'est pas venue par la naissance. Nous arrivons de partout, pour aller à elle comme à une mère. Elle est une cause de nos départs. Elle te prend, te conduit à elle, te séduit, puis, si elle te devine bigame, elle t'affecte de saletés et de rejets en tout genre. Cette langue est narcissique, c'est de ce caprice qu'elle tient sa puissance. Pas d'irrévérence en son lieu. Elle seule dicte sa préséance. Il en va de sa survie. Surtout ne pas douter d'elle, de sa bienveillance et de ses intentions. Pas de bigamie donc. Cette langue connaît la jalousie ! Elle m'a pour cela jetée hors d'elle. Dehors. Seule. Sans elle.

Ma langue, ce n'était qu'un ossuaire de mots. Mille morceaux m'accueillaient sans manuel. Combien seule et éloignée me semblait-elle. J'en connaissais les rudiments de l'enfance. Elle était en moi. Elle était en mes frères, née avec eux. Mais la recueillir à nouveau comme langue ? Qui pouvait me la dire ? Était-il déjà trop tard ? Me l'enseigner, qui le pouvait ? Qui le savait ? L'avait-on su un jour ? Il n'y avait pas de leçon sur ma langue et on n'en pensait rien. Sans leçon cette langue avec laquelle j'ai vécu ?

Ceux de cette langue, je les ai cherchés. Je me suis égarée pour les trouver. Ma langue s'est exilée. Et sur tous les continents elle s'est trouvée. Son peuple, qui est parti, est parti en nombre à travers la terre entière. En si grand nombre qu'à nouveau ma langue éparpillée a pu renaître. Des débris j'ai ramassé. Elle m'a dit qu'elle voulait vivre. Vivre même sans terre. Vivre sur toute la terre avec son peuple vagabond. Ma langue se montre peu. Pour ne pas mourir, elle a su comment se faire entendre. Elle est en moi. En moi, en eux, en ceux qu'elle habite. Même détachée de ses arbres, de ses racines, de ses collines et de ses tombes, elle a survécu. Dans mes errances, elle m'a suivie et c'est ainsi qu'elle a aussi vécu.

Ici ma langue me cherche. La nuit, elle se rappelle à moi. Elle me dit, Regarde ce que tu as été. Veux-tu le perdre ? Je lui dis que je n'ai rien perdu. Ce qui m'a appartenu, je ne l'ai pas perdu. La nuit je suis partie. Je suis loin. Je pars avec ma langue. Et dans cette tôle où on veut m'éteindre, je la fais encore rouler. Une langue, ça parle toujours.

Écoute comment par elle je quitte mon cabanon en zinc. Pendant des jours et des nuits je suis partie. Je suis dans un abri de pierres. Un abri avec quelques vieux hommes. Avec eux je suis restée. Avec eux je suis partie. Au sol, au centre, il y avait une cruche. Nous étions en hauteur et n'avions aucune issue. Devant nous ce n'étaient que terres désolées. Les jours ont passé. On ne parlait pas. On ne se parlait pas. Le vingtième jour, le visage des hommes a changé. Ils se sont redressés, ont ramassé leurs nattes et se sont assis le long du mur. Au fond de l'abri. Les uns près des autres. Je les ai rejoints. Soudain, un vent fort a pénétré l'endroit. Un chacal est apparu. De la cruche l'animal s'est approché. Il s'est mis à tourner, tourner autour. Son corps l'enroulait, sa fourrure s'ouvrait, il tournait, tournait autour et, d'un coup, de son museau il l'a renversée. De l'eau en est sortie. Il s'écoulait de l'eau à flots continus qui disparaissait dans les failles du sol, emportant la bête avec elle. Assis le long du mur, les hommes restaient. L'eau s'écoulait. Vingt autres jours passèrent. L'eau s'écoulait encore. Au quarantième jour, il n'y avait plus devant nous le vide, mais un fleuve profond qui poussait ses bras. Il fallait partir. Quitter l'endroit. Le désert s'était retiré.

Je sais que c'est arrivé. Que ceux de ma langue l'ont fait. Ils l'ont attendu pour que la pluie vienne. Et l'animal est venu. Il a senti leurs peaux qui pourrissaient et il est venu jusqu'à eux assoiffé. Et l'eau l'a emporté.

Je me suis réveillée. Un corps était près de moi. Là, assis face à moi. Dans cette cellule affligée de solitude, un corps était venu à moi. Alors que venait faire ce rêve ? Cette grotte. Un rite paysan que m'avait raconté ma mère ? Un rite annuel pour repousser la saison sèche ? Elle se souvenait encore de ce dernier homme qui s'était laissé périr, attendant le chacal qui n'est jamais venu. Il fallait qu'il meure, me disait-elle, laissant derrière lui sa famille et sa descendance. Il était de ceux qui s'étaient désignés. Vieux, il monterait à la grotte. Il savait qu'un jour il attendrait l'animal et que, si celui-ci ne venait pas, au-delà du quarantième jour les siens viendraient à sa rencontre. Ils le reprendraient, attendant avec lui de le déposer en sépulture. Je ne sais si c'est ce rêve qui m'a ramené ce corps.

Moi qui suis si seule, hors de toute parole, j'ai contemplé le désert durant des nuits. Accrochée aux légendes de ma langue, j'attendais que le chacal soit repoussé pour qu'à nouveau la terre se recouvre de vie. Et c'est un corps qui s'est trouvé près de moi. Je reconnaissais en lui mon grand-oncle, celui que l'on nommait Vava el-Hadj, un sage parmi les sages.

Dans la pire des adversités, racontait ma mère, et il fallait entendre sa condition de femme, de mère et d'épouse dans la guerre d'Algérie, j'ai vu une nuit venir à moi tous mes ancêtres. Habillés de blanc, une assemblée de femmes et d'hommes, élevés et dignes, se tenait sur le pas de ma porte. Vous, mes enfants, vous étiez endormis et la mort rôdait à nos côtés. Ensemble, disait-elle, ils me firent monter très haut sur une colline. Regarde, m'ont-ils dit, toutes les maisons brûlent, mais viendra un temps où même les morts ne pourront plus être enterrés. Prépare- toi. Nous te sauverons. Avant de me quitter, chacun m'a saluée avec ces mots, Ma fille nous te protégerons. C'est leur confiance qui m'a relevée pour toujours de l'indignité où je me trouvais. Bien avant notre fuite, je savais les dangers à venir. Je m'y étais préparée afin de vous épargner, disait notre mère.

Vava el-Hadj, lui, ne parlait pas. Il ne me parlera pas. Je connais les limites de ma langue. Les morts ne parlent pas. Mais nous pouvons les rappeler et leur dire combien à leur disparition les mots furent insuffisants.

Vava el-Hadj, c'est à la demande de ma famille que je suis venue te voir en Algérie. Tu étais assis près d'Emma Yasmine ta femme. Tu m'avais vue enfant. Je te retrouvais quinze ans plus tard. J'entrai dans ta demeure par une porte basse. Celle-ci, semblable à un refuge, était peinte à la chaux blanche. La lumière provenait d'une simple ouverture creusée dans la pierre. Tu étais assis en hauteur, jambes croisées sur le muret intérieur de ta maison. Sur tes courts cheveux, tu portais un petit calot discrètement brodé. Recouvert d'une large djellaba blanche ouverte sur le devant, tes pieds et tes bras étaient nus. Dans tes mains tu tenais un collier de perles noires que tu faisais rouler entre tes doigts. Tu m'as dit, Viens ma fille, et je vous ai baisé le front, à toi et à ta femme. Je me suis assise à tes pieds, dos contre le mur. Ma visite t'avait été annoncée. J'étais la petite fille d'Emma Halima. Ta sœur. La mère de notre mère, morte sans que jamais on l'ait revue après notre départ. Tu as posé ta main sur ma tête. J'ai senti que tu pleurais. Emma Yasmine est sortie de la pièce. Nous sommes restés un long moment seuls. Tu pleurais encore les désastres de la guerre et cette fille venant à toi qui te demandait de ne pas la recevoir comme une étrangère. Tu étais le théologien, le lettré, le hadj de ton village. Jeune, tu avais fait tes études en langues française et arabe et plusieurs fois tu avais marché jusqu'à La Mecque. Tes longs récits de voyage, je les connaissais. Ils avaient bercé l'enfance de notre mère. C'est dans les medersas, lui disais-tu, que tu puisais le savoir qu'à chacun de tes retours tu transmettais le vendredi, jour de prière et d'assemblée. Ce n'est pas le temps qui nous a séparés. Ce sont les lieux de nos vies qui ont divergé. Ton visage, je m'en souviens, était silencieux et triste. Ton monde déjà avait disparu. Ta mosquée, du moins cet endroit où tous vous vous retrouviez, venait d'être fermée. Un édifice neuf la remplaçait. Le gouvernement vous avait envoyé un imam diplômé de ses écoles. Il disait et commentait l'Islam en arabe. Toute la nation algérienne était contrainte de s'arabiser. Pas seulement de parler l'arabe mais de s'arabiser. Tes fidèles ne savaient plus à quel saint se vouer. Des saints, d'ailleurs, il n'était plus question. La rigueur saoudienne était de mise. Paysans vous n'étiez plus, le désert devait être votre décor et vos saisons, ses fêtes joyeuses et ses rituels partaient à la trappe. Ta confrérie, celle à laquelle depuis des siècles les tiens s'étaient liés, fut ignorée. C'est dans ta cour maintenant que chacun venait prendre conseil, te demandant comme toujours le chemin de la vérité. Dieu, leur disait-on, ne se dit qu'en arabe et c'est blasphémer que de lui parler dans une autre langue. Tu devinais le mauvais pas du pouvoir en place. Tu comprenais qu'en écartant ta langue, c'était à vos coutumes, à vos habitudes d'entraide et d'enseignement qu'on s'attaquait. Ta culture en avait vu d'autres. Tu les connaissais les dangers de l'Islam politique et, pour cette raison, ton expérience fut écartée. Cette religion que tu chérissais, tu le savais, sombrerait dans des affres d'incompréhension et de violence. À l'exception de quelques vieux hommes et de fonctionnaires convaincus de la bonne gouvernance d'Alger, la mosquée neuve s'était vidée de ses femmes et de sa jeunesse, m'avait-on dit. Avant de pénétrer dans ta demeure, je l'avais vue cette jeunesse. Elle était là, debout et silencieuse, à l'ombre des grands eucalyptus. Sa présence m'indiquait que c'était l'ancienne djemââ, ce lieu de rencontre où par le passé tu discutais avec eux tous. Ils attendaient là une parole qui ne viendrait plus à eux. Ces jeunes pensait-on refusaient la langue arabe. Toi qui avais eu l'expérience de l'échange et de la traduction de cette langue, tu n'ignorais pas que c'était un mensonge. Ce qu'ils refusaient depuis toujours, tu le savais. Ils ne voulaient soumettre leur culture ni se soumettre à une autre. Quoi qu'on ait pu dire d'eux, ils ne pouvaient se concevoir incroyants en raison de ce qu'ils étaient, des Kabyles et non des Arabes. Cette terre où ils vivaient, ils acceptaient de la partager mais refusaient d'en être rayés. Ne s'étaient-ils pas conduits jusqu'alors selon les préceptes religieux ? Qu'avaient-ils bafoué ? N'étaient-ils pas de ceux qui pour ce pays avaient donné les plus méritants de leurs hommes ? C'est au seul nom d'Allah que les chefs des tribus berbères avaient au siècle dernier appelé leur peuple au soulèvement sans parvenir à faire reculer cette colonisation qui les conduira pour les chefs au bagne et pour le reste à une misère insondable. Tout cela Vava el-Hadj, cette jeunesse le savait. Personne ne pouvait oublier la légende du premier des Fils de novembre. Celui que vous appeliez déjà le colonel Amirouche et qui, dès 1945, entraînait ses frères kabyles à la révolte et au maquis. Cette armée, son peuple n'a pas cessé de la nourrir. Cette communauté de valeurs à laquelle tu avais cru, tu comprenais qu'on cherchait à la vaincre. Je savais par ta légende combien ton souci de justice et ta volonté de faire le bien étaient grands. Tu étais de cette race des seigneurs qui avait tant fasciné les orientalistes. Savant, tu n'ignorais rien des belliqueux et de leurs intentions, croyant, tu les conviais au partage et à la mesure. Dieu tel que tu le vivais te suffisait. La bonne conduite était ton principe. Elle pouvait, pensais-tu, servir d'exemple. Gardant ta foi en Dieu, tu as refusé de renoncer à ce que de ça l'Islam t'avait transmis. Tu ne pouvais, ni ne voulais user de la force et de la contrainte. Ta conviction était grande. Ceux que tu accompagnais ne s'étaient pas perdus à tes côtés. Et c'est pour eux que tu t'es retiré dans ton refuge. Tu as fermé la porte de ta vieille mosquée. À nouvel édifice, avais-tu dit, nouveau maître. Je ne sais le temps que je suis restée à tes côtés. Tes yeux si petits d'homme vieilli s'étaient recouverts d'une couche de gris. Tes larmes, je les partageais. Ce pays que je revoyais pour la première fois, je le rêvais adolescente comme on rêve une terre natale vers laquelle à tout moment on peut aller. Dans le silence de notre désarroi, tu m'apprenais que ce pays n'était pas le mien. J'avais été libre d'y revenir, mais sur ces lieux de ma première enfance je n'entendais que plaintes. Le peuple y était malheureux. En France, je venais de vivre ma révolte. Je détestais mon père. Je lui reprochais notre vie misérable de Français arabes que nous n'étions pas. Si seulement nous étions arabes, lui disais-je, si seulement nous l'étions, mais nous ne l'étions pas. Si seulement nous étions des immigrés, mais nous ne l'étions pas. Si seulement nous étions français, français depuis des décennies, mais nous ne l'étions toujours pas. Nous vivions terrés dans un bout de campagne française. À l'abri, derrière les hauts murs de notre maison, mon père travaillait à sa survie. Pour nous, ses enfants, il ne pouvait rien. Je me suis mise à haïr toutes ces marques d'identités qui s'accrochaient à moi comme le chiendent à la terre. Arabes, immigrés, exilés, musulmans, je nous voyais maintenus dans un univers infect où même la plus misérable des vies se devait quand même d'être satisfaite de sa condition. À l'immigré je ne pouvais aller sans en retour être habitée par la honte. Même plus pauvre que moi, il me retournait un visage serein et fier que je ne pouvais quant à moi porter. L'Arabe, je l'ignorais. Je n'en fréquentais aucun de peur de m'y noyer. Du Français, je comprenais de plus en plus les usages. De prodigue de savoir, il devenait une source d'angoisses et de questionnements. Pour mon entrée au lycée, il m'avait été demandé de signaler ma nationalité. Je me présentai, confuse, devant un professeur. Que dois-je mettre ? Quelle nationalité avez-vous ? m'a-t-il demandé. À cette question, je n'ai pas su quoi répondre. Je lui ai dit que je venais d'Algérie. Avez-vous des papiers ? Je lui ai montré ma carte d'identité française. Vous êtes donc de nationalité française. À nationalité, mettez « française », m'a-t-il dit. Je ne savais pas ce que la nationalité signifiait. J'en étais inquiète. Ces papiers, je ne savais quoi en penser. Les posséder ne me suffisait pas. Plus tard, je les ignorerais.

Aujourd'hui, cette nationalité je l'ai égarée. Et c'est pour cette raison, cette trahison que je suis maintenue dans cette tôle.

À l'époque, j'étais convaincue d'être autre chose et que de cette autre chose mes papiers ne tenaient pas compte. Il me fallait chercher. Dans ma langue je décidai de m'enfoncer. Je l'apprenais chaque jour de plus en plus par des enregistrements empruntés aux fonds des biblio-thèques. À haute voix, j'apprenais aussi les manuels ber-bères de Mouloud Mammeri et jouais à retraduire en français des recueils de contes kabyles bilingues que me fournissait une libraire disciple de Taos et Jean Amrou-che. D'abord, je lisais et relisais les contes dans leur langue d'origine. Cachant le texte en français, je tentais des versions se voulant plus poétiques, convaincue que le traducteur n'avait pu pénétrer ma langue comme je la voulais. Casque sur les oreilles, je reprenais dans mon grenier les poésies rythmées en langue kabyle de Aït Menguellet, Slimane Azem et Idir. Est-ce en raison de ces conditions d'apprentissage ? Pareille à une résistante qui se doit de taire son activité, je me voyais comme en dissidence avec le monde. Dans mon isolement, ces troubadours étaient pour moi des maîtres. Ils étaient affranchis du pouvoir et libres à l'égal des grands hommes. Je voulais être de ceux-là. Dans les manuels d'histoire j'allais en chercher d'autres. Dans la littérature je puisais des exemples. Ils étaient de toutes les langues, sauf d'une. La langue arabe. Aucun livre ne m'instruisait en France de faits et grands gestes de ses peuples. À eux je ne ressemblais donc pas. Et l'Islam, cette religion qui était commune à ceux de ma langue et aux Arabes, je le concevais volontiers autrement qu'eux. En raison même de l'idée toute fausse que je me faisais en ce temps-là du savoir et de la liberté, je digérais, non sans intérêt et sans peur, toute la boue qu'on servait à

87

leur sujet. Ils ne savent pas penser, pas lire, pas s'émanci-
per, ils ne savent pas vivre, me disais-je des Arabes. Ils
étaient à jamais des hommes soumis à des règles de vie et
de pensée qui leur étaient propres. D'eux, je ne retenais
que des mots négatifs et régressifs entendus derrière les
portes de gens qui, à mon égard, se voulaient bien-
veillants. Je n'en connaissais pourtant aucun. Aurais-je
dû penser autrement ? À l'exception de quelques rares
savants français trop éloignés de moi et en l'absence de
livres provenant des Arabes eux-mêmes, comment
aurais-je pu penser autrement ? Quelle était cette situa-
tion ô combien tragique qui me faisait attendre des
Occidentaux des commentaires élevés sur ceux qu'ils
n'avaient eu de cesse de conquérir après bien des conflits
où ils furent eux-mêmes durant des siècles souvent
vaincus ? Pour moi, le savoir en Occident se voulait universel et s'il l'était c'est que l'Occident était bon. À tous il
voulait rendre gloire. Encore fallait-il que gloire il y ait.
Et sur les Arabes je ne lisais et n'entendais rien de glo-
rieux. Ils n'eurent aucune gloire, proclamait cette absence.
Au monde ils ne donnèrent rien. Qui pouvait trancher

ce mensonge? Les Arabes bien sûr. Mais avec quelles armes quand on sait que le livre et toute l'autorité qui le porte ne s'est pas constitué chez eux en système marchand du savoir? Je n'ignorais pas l'impasse dans laquelle je me trouvais. J'en rageais.

Vava el-Hadj, je cherchais auprès de toi une guérison. Ta vie entière tu l'avais consacrée à cette autre culture et à cette autre langue qu'était l'arabe. Par cette langue tu avais beaucoup appris. Jeune, tu avais vécu près des Arabes. C'était dans un temps où tu ignorais les nouvelles frontières de ce vaste territoire musulman que naguère les Turcs avaient tenu. Ce qui maintenant nous arrivait à tous les deux en somme nous était commun. Nos solitudes se rejoignaient. Dans ton pays, les promoteurs de la langue arabe se défiaient de toi. Ils rejetaient ta langue comme ils avaient rejeté l'enseignement de la langue française. Ces hommes nouveaux du Maghreb se voulaient modernistes. Et en toi, ils voyaient une figure archaïque, désuète et sans utilité. Ils traquèrent donc vos poètes. Et leur envoyèrent des chars jusque dans l'enceinte de l'université. Sans écriture, disaient-ils, un peuple ne peut avancer. Ces modernistes, qui empruntaient leur politique à l'Occident, n'avaient pas retenu la mise en garde de Fanon sur la violence que le colonisé retourne contre lui-même. Ils n'avaient su se délester de ce complexe colonial. Ce colonianisme, qui avait voulu cette idée tout identitaire des peuples du Maghreb et de leurs croyances. L'islam est ta religion, l'arabe est ta langue ! On sait ce qu'il est advenu de ce slogan. Le panarabisme dans sa lutte et sa volonté de forger une cohésion par une culture propre aux peuples de ses territoires n'eut finalement qu'une seule arme, l'Islam. Aux paysans et aux citadins on rappela donc le livre vert. C'était leur vie, leur histoire et leur avenir. Certains crurent qu'il y avait là du nouveau. Mais le savaient-ils, que l'encre des livres n'est pas du sang ? Fallait-il à ce point agir contre soi-même ? Ce nationalisme arabe finira par tuer les hommes de l'intérieur. Vava el-Hadj, le monde arabe, toi tu ne l'as pas renié. Parce que l'Islam s'était offert à ta langue, tu concevais qu'il t'appartenait tout autant qu'à d'autres. Sur personne tu ne voulais jeter l'opprobre.

Je t'ai quitté dans le silence. J'ai refermé ta porte. Te laissant seul, je devinais tes doigts faisant rouler les perles. Je rentrai chez moi, en France.

Quelques semaines plus tard, je me retrouvai dans un service de réanimation. Ma mère, en se levant pour sa prière du matin, m'avait trouvée allongée sur le carrelage de la salle de bains vomissant une mousse blanche. Dans la cour, le SAMU vidait de mon ventre des perles chimiques que j'avais avalées en quantité. Je ne me réveillai pas pour autant. Un poison liquide que j'avais bu me rongeait le sang. Un jour, j'entendis une voix. Qu'avez-vous avalé ? me demandait un homme en blanc qui me frappait la figure tout en me sortant du coma. Qu'avez-vous avalé ? Tout flottait. Je revenais. J'ai dit, L'an 2000. C'est ce dont je me souviens. J'ai dit, L'an 2000. On me mit alors dans un service de médecine générale. Une sonde entre les jambes, on recueillait mes urines pour analyse. Le poison me quittait lentement. Une nuit, j'ai voulu me lever. J'ai arraché la sonde. J'ai posé les pieds. Je me suis redressée. Je suis tombée. En me cognant le dos contre le fer du lit, j'ai hurlé. Je n'avais plus de jambes. C'étaient des bâtons de laine. Vous ne remarcherez pas tout de suite, me dit le médecin. Il vous faut éliminer tout ce que vous avez avalé. À ceux qui me rendaient visite je ne disais rien. Je ne parlais pas. Ils scrutaient mon visage et repartaient. Tristes ou en pleurant, je n'y pouvais rien. Un jour, ma sœur dans ma chambre a crié, Pourquoi, pourquoi tu as fait ça ? Je ne voulais plus vivre, lui ai-je répondu. J'étais sauvée. De nouveau je parlais. J'ai demandé à quitter l'hôpital. Les médecins ont refusé. J'ai insisté. Je vais mourir. Mourir pour de vrai si je reste ! J'ai vu quelqu'un. On m'a fait signer une décharge. Portée jusqu'à la voiture, j'attendais la main de ma mère. Je ne veux plus qu'un seul de tes enfants me pose une question, lui ai-je dit. Je revenais. J'ai contemplé la nature durant des heures. Chaque jour je faisais des pas. Je réapprenais tout. La maison était mon royaume. J'y vivais là des heures de lecture et de douceur que j'ignorais. Dorénavant, c'est ainsi que je voudrais ma vie. La colère et toute la haine qu'avait nourries mon indignation je les écarterais. Je ne serais plus le jouet de quiconque. Et encore moins des miens. Je ne serais pas qu'une exilée, une immigrée, une Arabe, une Berbère, une musulmane ou une étrangère, mais plus. Quoi qu'ils fassent pour m'y retenir, je n'irais plus sur ces territoires où sont assignés ceux qui les vivent. J'accueillerais tous ces mots pour ce qu'ils ont d'universel, de beau, d'humain et de grandeur. Le reste, le revers noir des particularismes, je le laissais aux affamés de l'identité. Je continuerais à chérir ma langue et conviendrais avec elle qu'aux peuples arabes, aux peuples sémites, au « Musulman », au « Juif », son destin est lié. Sur ces peuples et leur langue je voulus apprendre tout ce qui m'avait été caché.

Vava el-Hadj, je ne t'ai pas revu. Ta mort nous a affligés. Tout ce que nous sommes, tout ce que nous savons disparaîtra avec nous. La chaîne a été brisée, nous a dit notre mère. Sur tes traces j'ai voulu rester.

Ton doux visage s'est avancé vers moi. Calme et serein, il me rendait confiance. Ton souffle chaud me ramenait à la vie. J'ai fermé les yeux. Je t'ai dit adieu.

Ma tôle était maintenant mon refuge. Mon désarroi s'estompait. Se souviendra-t-on de ce qui s'est abattu sur nous, les musulmans et ceux qui furent contraints de le devenir. Nous sommes le mal. Et ma vie à pris un tout autre chemin. Vers les Arabes mon cœur s'en est allé.

Tout a de nouveau défilé en moi. Les mots, les images et leur violence. Ma peur et mon isolement en France. Je suis partie, j'ai fui, comme il se devait, vers la guerre et les soldats.

# Acte IV

## *DIALOGUE DU FONCTIONNAIRE*

QUAND LES ARMES, la guerre, les barbes, les voiles, les morts, les bombes, la viande, les mots, les cris, les femmes, les enfants, les pleurs, l'ignorance, le vol, la haine, le mensonge, la bêtise, le vulgaire, l'ignorance, le viol, la chair, les soldats, les vociférations, les claquements de gueule, le dédain, le mépris, l'abject, l'infamie, la destruction, l'ignominie ont tout envahi, j'ai eu peur. Peur. Mais plus encore j'ai eu mal. À longueur de journées, on ne parlait que d'eux et on ne voyait qu'eux : les musulmans. Les musulmans. Pas des femmes, des hommes, et des enfants à qui on faisait la plus vieille saleté du monde, mais seulement des musulmans. Et à force de les vouloir comme on les voulait, à force de se faire peur avec eux, ils ne faisaient plus qu'un : une horde sauvage. Je l'ai pris dans la gueule. Coup dur, violent. Raide. De la horde, on ne m'a pas isolée. J'en étais. Si on me nomme comme on me nomme, me suis-je dit, c'est pour me mener au crime. Du crime, en être, je n'ai pas voulu.

D'abord je me suis retirée. J'ai quitté les miens. Loin des habitants, en France, j'ai vécu seule. J'attendais que vienne à moi un peuple vagabond. Un peuple qui aurait pu dire, Tout cela suffit. Un peuple qui aurait dit, À ces mots d'ordre que l'on m'inflige, je refuse de répondre. En lieu et place du peuple, j'eus la visite d'un fonctionnaire. Au seuil de ma porte, il m'a dit, Tout le monde se demande pourquoi on ne vous voit pas ?
— Est-ce que je me cache ? lui ai-je dit.
— On ne vous voit pas.
— Devrais-je sortir ?
— On ne sait pas ce que vous faites. Que faites-vous ? m'a-t-il demandé.
— Je lis, j'écris.
— Vous vivez donc comme tout le monde ?
Je l'ai regardé.
— C'est ce que je fais, lui ai-je dit.

– Pour quelle raison vivez-vous ici ? Vous êtes seule ?
Pour quelle raison ?

– Pour le calme. Et la lumière.

– Vous étiez où avant cette maison ?

– Dans une autre maison.

– Mais où ?

– Plus au nord.

– Dans ce pays ?

– Seulement dans ce pays.

 Et d'où venez-vous ?

Je ne lui ai pas répondu.

– Où êtes-vous née ?

– Je n'ai pas de pays.

– Vous êtes bien née quelque part, me dit-il en avançant
son pied droit sur la marche.

Il me fallait venir d'un endroit et même née dans ce pays
ça ne convenait pas.

– Apatride. Apatride, ça vous va ? lui ai-je dit.

– Mais d'où ? De quel pays ?

– Même apatride ? Le lieu où je suis née devait être fermé.
Je ne m'en souviens pas.

– Vous portez bien un nom, vous avez des papiers ?

– Français.

– Mais votre nom ?

– Il est enregistré. En mairie.

– Mais vous venez d'où ?

– Et mon nom, lui ai-je dit, il vous suffira ?

– Je n'ai rien contre vous. Je fais simplement mon travail. On me demande de m'arrêter près de chez vous et de vous parler. C'est ce que je fais. Mon rôle est simple. Je m'applique bien en général. Si on ne m'avait pas demandé d'aller voir du côté de chez vous je ne l'aurais pas fait. On me demande de venir vous voir. Je vous rends visite.

– Pour me protéger ?

– Je fais juste mon travail. Je vous demande ce que vous faites, c'est tout. Je dois vous demander si vous travaillez. On veut savoir comment vous vivez.

– Là, maintenant, en vous répondant, je travaille.

– Ça ne vous rapporte pas.

– Si ! Vous parler me rapporte.

– Dois-je noter que vous travaillez chez vous ?

– Oui.

– Et ça vous rapporte ?

– Dites à ceux qui vous envoient qu'ils cessent de s'inquiéter. J'ai un potager et quelques sous. Quant aux biens que je possède ils proviennent de dons faits par des amis.

– Et les livres ? Vous les achetez les livres ?

– Mes amis m'en ont fait don.

– À ce qu'on dit vous en avez beaucoup.

– Ils me suffisent.

Un bruit de paroles dans sa voiture l'a retourné. Il a marché jusqu'à la portière, côté passager, et de sa main gauche il a raccroché un bloc en plastique noir.

– Vous en avez aussi en langues étrangères ? m'a-t-il demandé en revenant vers moi. Plusieurs langues ? Vous lisez toute la journée ?

– Quand je ne suis pas occupée à retourner la terre ou à retirer les mauvaises herbes, je lis.

– Moi je ne lis pas beaucoup. Je n'ai pas le temps mais quand même, quand j'en ai je ne vais pas lire. Je ne lis pas. C'est ma femme qui me fait un peu de lecture. Elle ne lit que sa langue bien sûr mais elle me raconte des histoires qui se passent ailleurs. Vous lisez d'autres langues ?

– Des plus pauvres.

– Ça fait beaucoup de langues ça. Et vous avez un ordinateur je suppose ? Et l'internet ?

– Oui. Comme tout le monde.

– Et vous envoyez des lettres et vous recevez des lettres.

– Oui. Comme tout le monde.

– À la poste, ils me disent qu'ils vous livrent très peu de courrier.

– J'utilise le courrier électronique. C'est moins coûteux, plus rapide. On me livre aussi des plis, des colis.

– Oui, mais c'est embêtant. On ne sait pas ce que vous faites, voyez-vous. Vous pouvez comprendre qu'on s'inquiète. On ne sait ce que vous faites.

– Je vous l'ai dit, je lis, j'écris et je cultive mon jardin.

– Tout le monde lit et fait son potager dans le pays. Ce n'est pas ce que je voudrais savoir. J'aimerais bien savoir ce que vous écrivez, par exemple.

– Vous aurez des difficultés à comprendre. Je relis et corrige en ce moment le texte d'un auteur kurde qui a été traduit en arabe pour le compte d'un éditeur de Damas. Je ne sais pas si la lecture de ce travail apportera plus d'éléments pour votre rapport. Je vais vous en remettre quelques pages que vous ferez traduire. Vous les lirez et vous verrez.

– Vous pouvez peut-être me le dire ?

J'ai hésité à lui raconter l'histoire puis je lui ai dit. C'est l'histoire d'un fils qui retourne dans son village. Tout le monde le croyait mort mais il réapparaît. Des années après qu'il a quitté son pays, il réapparaît. Seulement on ne le reconnaît plus. Tous se demandent ce qui l'a changé à ce point. Ils veulent savoir ce qui l'a changé à ce point.

– Et qu'est-ce qui l'a changé ?

– Le livre est en cours de traduction. Je ne peux vous en dire plus.

– Je vois. Vous pouvez me raconter n'importe quoi.

– Que voulez-vous savoir de plus ?

– Vous ne m'en direz pas plus aujourd'hui ?

– On doit se revoir ? lui ai-je demandé. Eh bien dans ce cas, commençons comme il se doit. Souhaitez-vous prendre un verre, un café ou un thé ?

– Je ne bois pas pendant le service.

– Quand dois-je vous revoir ?

– Vous ne m'en direz pas plus ? me demanda le fonctionnaire.

– Posez-moi des questions. Et si je peux vous répondre, je le ferai.

– Va pour le café.

– Serré, allongé ?

– Allongé. Je n'aime pas les goûts forts.

Et je l'ai fait entrer.

– Sucre de canne ou blanc ?

– Blanc. Le grain de la canne me reste sur la langue. Votre cafetière est originale.

– C'est le cadeau d'un ami. Il a inventé ce procédé. La boule de verre est totalement hermétique et le filtre par lequel passe le café préserve le goût du grain dès qu'il est moulu.

– En haut c'est le moulin ?

– Oui. Je programme le nombre de tasses. Voyez, je mets sur deux, ensuite, là, je tourne le bouton et le café est moulu dans son cône hermétique. Il va se déverser doucement dans ce petit entonnoir dessous sur lequel tombent les gouttes d'eau chaude. Le tout coule dans la boule.

– Il est dans l'électroménager votre ami ?

– Dans l'aéronautique. Cette cafetière, c'est un amusement pour lui.

J'ai préparé la table, mis les deux tasses et les cuillères, puis le sucre.

– Votre ami fait des avions ?

– Des moteurs. C'est un ingénieur de haut niveau et reconnu. Il a inventé un propulseur d'un nouveau genre. Un prototype.

– Qu'est-ce qu'il a de nouveau ce moteur ?

– Il nous faudrait du temps pour que je vous l'explique.

– Vous comprenez votre ami ingénieur ?

J'ai versé le café dans les tasses.

– C'est un métier que j'ai exercé.

Vous ne me l'aviez pas dit.

– Vous ne m'avez posé aucune question à ce sujet.

– Un ingénieur, ici, dans ce coin, qui mange les légumes de son jardin et qui lit. Vous ne pouvez pas savoir tout ça et ne pas vous en servir.

– Mais mon savoir me sert. Je ne pourrais écrire et traduire sans ce savoir. Que voulez-vous dire par ne pas s'en
servir ?

– Un ingénieur ça connaît la technique. C'est son travail la
technique et vous vous me dites que vous écrivez. Donc
je peux imaginer que vous écrivez des trucs techniques.
Vous savez comment ça marche vous, un moteur
d'avion ?

– C'est le travail des ingénieurs. De ceux qui savent ce que
c'est qu'un moteur.

– Oui, mais si on connaît un moteur, on est aussi capable
de le détériorer.

Je me suis levée pour éteindre la musique qui tournait
encore.

– Et si on est médecin, c'est pour tuer les patients ?

– Je n'en sais rien moi. Vous le savez bien, des fous, il y en
a plein la planète. Je vais rentrer. J'ai déjà dépassé mon
temps. Ils me demanderont de revenir. Un dernier mot.
Vous avez des enfants ?

– Et votre café ?

– Des enfants ?

– Non.

– C'est embêtant ça. Très embêtant. Vous n'avez pas d'enfant ?

– Non.

– Au revoir, madame.

– Au revoir, monsieur.

Que pouvais-je faire ? Fuir, partir encore ? Mais pour rejoindre qui ? Il me fallait comprendre. Retourner là où le « Musulman » est né. Vers le désert je me suis avancée. J'y ai marché. Vers les hommes et leurs enfants je suis allée. Pour eux j'ai voulu rester. Oubliant que ce désert s'était repeuplé de chacals.

# Acte V

# DESERT STORM

C'est ce qui brûle maintenant qui veut de moi. Je ne peux plus vivre. Mes geôliers me disent, Tu étais des nôtres. Ils le savent que je ne peux revenir. C'est eux qui m'ont désignée. Ou tu es des nôtres ou tu meurs. Je meurs. Je n'ai pas le choix. Moi, j'avais creusé un trou pour vivre. Vivre loin de tout ça et de celui que je ne sais pas nommer, celui qui me demande de choisir, lui dont j'ignore même le corps, lui la figure de la puissance du monde en marche, il ne peut supporter que j'existe. Je n'en veux pas de ce qu'on fait de moi. Je n'aime pas ce qu'on fait de moi. Je ne le veux pas mais je vois bien que je ne peux y échapper. Ou avec ou contre nous ! Moi je ne voulais rien. Es-tu avec ou contre moi ? me demande encore la puissance du monde en marche. Non, non, ni contre ni avec, je ne voulais même pas te haïr. Mais tu ne m'as pas foutu la paix. Tu l'as dite cette chose, Ou avec ou contre moi ? Moi, je voulais t'ignorer. Mais tu as réussi. Tu m'as eue. Mais même condamnée, je te le dirai encore. Ton swing et tes allures de mec sous contrôle, le monstre qu'est ce désir que tu affiches de toujours vouloir qu'on te ressemble me donne encore et encore la nausée. Je n'aime pas ce que tu dis, ni ce que tu fais, ni ceux qui t'entourent, ni ce que tu manges, ni ta voix, ni ta bouche qui mâche et, qui plus est, ce mouvement souple que tu affiches à chacun de tes pas cache un vorace digne des pires figures de la mythologie. À croire que ces hommes en noir après qui tu cours t'avaient vu venir. Ils sont tes meilleurs alliés. Comme eux tu veux ma mort. Tu as beau me les dire tes mots de justice et de liberté, je sais que c'est ma peau que tu veux. Comprends que j'y étais bien dans ce rien d'où tu m'as sortie. Et il t'a suffi de dire que j'étais le mal. Tu n'as rien de cette gueule de mâchouilleur détendu que tu affiches devant tes caméras, chaque cla-quement de mâchoires c'est un brave que tu avales. T'es un carnassier à fixation souple. Rien de tel pour tromper l'ennemi. Celui que tu pries tous les jours il a des cornes de buffle et le corps pourri. C'est l'enfer qui t'attend. Le Dieu à face d'homme, celui-là il a écarté son chemin de ta race. Ton dieu, celui que tu convoques à chaque parole, qui n'a de parole que les mots iniques de ces inquisiteurs de pères qui t'entourent et dont tu masques l'existence par ruse, je connais ses ambitions maléfiques. Toi et eux vous voulez détenir le monde. Fils du diable, voilà ce que vous êtes. Des comme toi il y en a pas mal sur terre. Toi et tes frères, vous tous frères de vermines je vous exècre. Voilà ! Vous nous faites le fracas. C'est le combat des cornes et les enfers sont rappelés. Tant que tu ne l'avais pas trouvé celui qui te ressemble tu te sentais minable mais des satans ce n'est pas ce qui manque à Satan. Il lui suffit d'être pour en faire naître d'autres. Tu n'es pas le premier. Je ne sais pas lequel de vous est venu le premier. J'ignore lequel de vous est venu au monde le premier et je ne veux pas le savoir. Ce que je sais, c'est que votre existence nourrit la terre de vos haines. Que peut-il naître de vous ? Des hyènes, que des hyènes. Et je sais maintenant que vos sortilèges couvriront la terre. Je suis si peu de chose. Une femme, une femme qui ne pensait pas qu'elle serait rappelée par le démon. Non, vraiment pas. Je pensais même que ma gloire était arrivée, que mon règne était enfin venu. Mes sœurs sortaient une à une de leur trou, osant prendre l'air, respirer sans contrainte. Ni poisson, ni dauphin mais comme sorties de l'eau enfin. Nous avancions sans héritage séculaire et possesseurs de rien. Nous voulions habiter le monde, non le posséder. De ces surfaces réduites que l'héritier s'efforce de garder et d'agrandir, nous n'éprouvions que son désir possesseur et sa violence à le déployer. Seuls ses biens, son dieu, ses richesses et sa grandeur il voulait nous imposer.

Arrive maintenant le moment où tous ces héritiers se font la guerre. À coups de moi, de mon groupe, de ma communauté, de mon territoire babilique, slamilique, sunique, vangélique, tbatique, thmodique en spasmes maudits. Toute la cargaison de Dieu est embarquée dans ce mouvement des armes. Et nous, les recalés du jeu, qu'allons-nous devenir ? Où trouver l'eau et le pain ? Où vivre, où fuir ? Ils ratissent le monde.

Où trouver l'eau et le pain si même le blé est devenu stérile ? Nous ne savons même plus nous nourrir sans eux. À notre extinction nous assistons. Qu'est-ce qu'un être bras ballants, bouche sèche et close ? Un être qui ne peut plus être debout. Il n'y aura plus de présence humaine sur les chemins, tout au plus des masses chargées d'armes qui pointent sur nous des fusils immenses pour notre petit corps. Que vaut ma peau devant un tel harnachement ? Ils se baladent comme un seul homme et ils sont sûrs d'être à eux seuls toute l'armée du monde.

– Qui es-tu ?

– Moi, rien !

– Qui es-tu !

– Je me trouvais là.

– Que fais-tu dans ce trou ?

– J'attendais que tout se termine.

– D'où tu viens ?

– Je dors ici. Je dors ici quand j'y passe.

– Une dune de sable !

– C'est sans danger.

– Tu parles notre langue ?

– Je la dis aux enfants.

– Et tu vis là, dans ce trou ?

– Je suis de passage.

– Et tu viens d'où ?

– De l'ouest.

– Suis-moi.

– Les enfants m'attendent.

– Suis-moi.

– Pour aller où ?

– Nous ne te garderons que quelques heures.

– Il n'y a rien d'où je viens, pas même un trou. Plus un trou. Vous êtes partout là-bas. Je n'ai fait que m'arrêter pour dormir. Je dois marcher. On m'attend.

– Il n'y aura plus de trou, plus un endroit où te cacher.

– On m'attend !

– Lève tes mains.

De sa main gauche, le soldat me palpe. Un autre arrive. C'est une femme. Elle passe derrière moi, me fouille. C'est bon, dit-elle. Il pointe son fusil et me demande d'avancer. Me voilà prisonnière. Avance, me dit le militaire dans sa langue, et mains sur la tête. Mains sur la tête. J'écarte les bras. Lentement je m'inscris dans l'horizon, mon corps dessine une ligne de gauche à droite, je suis en stabilité avec le sol. Je marche les bras écartés et mon corps remonte vers le nord. Je monte de tout mon corps.

– Mains sur la tête, je te dis !

J'ai fait ce qu'il m'a dit et j'ai marché. Marché guidée par son arme. J'ai vu au loin une marée humaine tout d'une couleur vêtue. J'ai fermé les yeux.

Le soldat a dit, Prisonnier. Il a dit, *Prisonner* à un petit micro situé devant sa bouche. Prisonnière. Je n'étais pas seule. D'autres arrivées escortées de même. Un soldat a ouvert la porte grillagée. Deux soldats m'ont pris les mains, les ont serrées dans le dos avec un bracelet de plastique dur sur lequel apparaissait, épais et en relief, un logo. Elle parle notre langue, leur a dit le soldat. Je tombe à genoux sur le sable. Ils me redressent, me font marcher quelques mètres, jusqu'à une autre porte grillagée. Ils l'ouvrent et me dirigent vers les prisonnières. Les soldats me laissent. Je tombe entre elles qui sont agenouillées au sol. Comme elles je suis prostrée. Je ne suis pas des leurs mais avec elles je suis.

Toutes au sol, à genoux, les mains ligotées, tête en avant renversée, elles tiennent dans leur bouche comme un tuyau relié à une petite poche d'eau. Deux jours que je n'en ai pas bu. Je m'étais cachée dans ce trou pour fuir le combat des cornes. Sans armes et sans destination. J'ai le visage baissé. Ce qui m'entoure est ce qui me reste de liberté.

Je me laisse glisser sur le côté droit et renverse ma tête vers le sol. J'ai respiré fort. J'avais franchi une ligne. Qu'étais-je venue chercher dans ce désert ? Qu'ai-je voulu vivre ? Je n'allais pas tenir. Je l'ai su, dès le début je l'ai su mais jusque-là je suis parvenue. Je n'y ai pas ma place et pourtant j'y suis quand même.

Si vous attendez le réel, disait le devin, c'est que de lui vous savez déjà ce qu'il en est. J'ai songé à bien des gens. Mes yeux ouverts ont scruté le sable. Je l'ai regardé bouger grain par grain.

UN SOLDAT SANS ARME me soulève et m'emmène vers un local fait de tôles et de planches de bois. À l'entrée, deux femmes soldats m'attendent. L'une me défait mes liens, l'autre me déshabille. Je retire mes chaussures. Elle met mes vêtements dans un sac et me tend un savon. De sa main, elle m'indique le lieu de ma toilette. J'ouvre la douche. Je mets mon visage sous l'eau et j'en bois une quantité. J'ai soif. Je m'en laisse couvrir le corps. J'attends. L'eau coule. Une des femmes m'a tendu une serviette. Je me suis séchée. Nue, elle m'a pulvérisé une poudre blanche sur le corps. J'ai pris ma tenue de prisonnière. Une toile de couleur orange. La couleur de la prévention. Du danger à venir. Je me suis présentée habillée ainsi au soldat qui m'a accompagnée. Il m'a remis mes liens et demandé de le suivre. J'ai marché à même le

sable chaud jusqu'au bureau de l'officier des renseigne-
ments.

– Votre nom ?

Je n'avais que des livres, des carnets et pas de papiers
d'identité.

– Votre nom ?

J'ai dit, Élohim.

– Ce n'est pas un nom d'ici ?

– C'est mon nom.

– Votre religion ?

– Je n'en ai pas.

– Votre religion ?

– Aucune.

– Où avez-vous fait vos études ?

– Dans de nombreux pays.

– Vous parlez notre langue ?

– Je la dis aux enfants. Je dis toutes les langues aux
enfants.

– Où êtes-vous née ?

– Sur les rives d'une mer fermée. Cet endroit a disparu.

– Élohim, cela signifie le vent ?

– Élohim est en haut lieu. C'est Eux et Lui. Peut-être le Grand Conseil de Dieu, ou celui des anges, on ne sait pas.

– Vous croyez aux anges ?

– Et vous ?

– Avez-vous des parents dans ce pays ?

– Je l'ignore.

– Depuis quand vivez-vous ici ?

– Je ne sais plus. Je le traverse d'ouest en est.

– Élohim dites-vous ?

La femme consulte son ordinateur. Votre nom ne me dit rien, me dit-elle. Si vous n'êtes pas de ce pays, que faites-vous ici ?

– Vous m'avez fait prisonnière.

– Et vous ne pensez pas étrange que dans ce pays en guerre vous vous trouviez sur notre chemin ?

– Vous êtes en guerre partout. Tôt ou tard vous m'auriez arrêtée.

L'officier saisit mes propos. On entend à peine le bruit des engins à moteur. Je regarde la masse des corps à genoux. Rien ne semble la perturber. Le désert est puissant.

Elle me demande dans quel pays j'ai appris sa langue.

– Partout où j'ai vécu, je l'ai entendue.

Elle me redemande mon nom. Je lui réponds.

– Vous êtes née dans quelle ville ?

– Je ne suis pas née dans ce pays.

– Avez-vous vu des amies dans le camp ?

– J'ai fait le vœu d'être seule.

– Que faisiez-vous sur la route ?

– Je marchais.

– Vous avez quitté la ville sans laissez-passer ? Vous êtes-vous enfuie ?

– Je n'étais pas dans une ville. J'ignorais qu'il y avait près d'ici une ville. Je ne traverse plus les villes.

– Où se trouve l'endroit que vous avez quitté ?

– Derrière une dune de sable. C'est là que vos soldats m'ont arrêtée.

– Combien de temps avez-vous vécu dans cet endroit ?

– Quand je passe par là, je dors au pied de cette dune. Il y a une pierre voûtée qui me sert d'abri pour les nuits

froides. Vos appareils l'ont certainement détruite maintenant.

– Où avez-vous appris notre langue ?

– Peut-on être sans votre langue dans le monde ? Mais
je n'ai rien de comparable à vous. On ne se ressemble
pas.

– Je fais un travail. Mon travail, me dit la femme soldat.
Ces prisonnières, nous allons les nourrir. La plupart ren-
treront chez elles.

– Pourquoi gardez-vous les femmes ?

– Les hommes ne peuvent se nourrir sans elles. Nous
sommes en guerre.

– Vous affamez des hommes et vous en faites des meurtriers. Leurs femmes ne vous offriront aucune perspective
et avec leurs enfants ce sera pire.

– Vous ignorez nos intentions. Ce pays, de tout cet abandon, nous le relèverons.


J'ai regardé plus loin, loin derrière les barbelés. Il y avait
l'autre camp. Celui des hommes. Tous assis, regard
noir baissé vers le sol. Rien dans ce regard ne dit qu'ils

se soumettent à leur condition. Je l'ai tellement croisé ce regard qui n'affronte jamais l'autre mais qui jamais ne laisse apparaître un quelconque abandon. Il y a chez ces gens une volonté éprouvée, si éprouvée qu'aucune mansuétude n'est possible à leur égard. Non, aucune, et les hommes d'en face, ceux qui les tiennent, ne parviennent pas à les obliger à être ce qu'ils ne sont pas. Des hommes à qui on aurait tout retiré. Même devant la mort possible, ils ne peuvent se départir de cette volonté qui est en eux. Elle est leur seul bien. Et dans l'adversité de ce camp, même contraints de vivre au sol à la manière des animaux ce ne sont pas des sous-hommes ou des dépossédés. Ils ne sont possesseurs de rien.

Leur dignité c'est dans leur pudeur qu'ils l'ont logée. Elle en est le pilier et la sève. C'est elle qui recouvre la honte. Et dans ce lieu sans murs et offert à tous les regards cette pudeur est leur arme active. Elle est la persévérance de leur intimité. Elle est leur force, leur résistance. Et qui veut les vaincre devra rompre cette pudeur qu'en tout point il ignore. Et seul celui qui l'ignore peut vouloir la vaincre. Il ne suffit pas de les mettre nus, contre leur volonté, car cela signifiera plus d'engagement encore du côté de cette pudeur. Les vaincus ne seront de ce fait jamais de leur côté. Il n'y a pas chez eux de laisser-aller possible en raison même de cette pudeur. Tout au plus cette position pour la nourriture qu'ils acceptent. Cette nourriture dont ils savent qu'elle est l'économie même de leur dignité. Que serait le corps criant famine ? Est-ce que la disparition de ces gens serait souhaitable ou souhaitée ? Si tout ce peuple disparaissait ? Mais n'a-t-il pas disparu déjà ? Disparu. Ne suis-je pas moi-même « un disparu » ? Mon corps est là. Mais vivante ou morte, ne suis-je pas du même lot ? Je ne compte pas. Et eux pour qui comptent-ils ? Ont-ils eu un gouvernement digne de ce nom ? Aucun ne les sollicitera. J'ai la certitude maintenant que ce peuple a su négocier sa vie dans ce manque. Il en va ainsi de l'intelligence des peuples. D'autres leur ressemblent. On le verra, quand on s'attaquera aussi à eux. Ils ne comptent pas. Comme d'autres, ils ne comptent pas. Et c'est dans leur visage que j'ai pu le lire. Ce n'est pas une absence d'existence que montrent ces visages, non, c'est un visage étranger à l'intérêt. Un refus de l'intérêt porté par le visage, porté par la seule dignité du visage. Le corps à genoux ne défait pas le visage. C'est une masse noire posée au sol qui montre le visage de l'homme. L'homme désintéressé. Que faire de l'homme désintéressé ? Même la mort coûte. Et sa mort déjà coûte. Son emprisonnement déjà coûte. Il faudra justifier sa mort. Et cette justification coûtera. Que serait l'abandon de l'homme désintéressé ? L'animal ne nuit pas à la forêt. Et l'homme désintéressé ne peut nuire au désert. Oui, ce monde désert est comme son âme. Vide et inculte ! Voilà ce que se disaient les hommes en armes qui tenaient ce camp. Dans ce désert, on ne trouvera rien. Tout y est laissé en l'état. Ils n'ont même pas su faire fructifier leur terre ! Voilà ce que se disaient les hommes qui tenaient les fusils de ce camp.

La femme officier a fini de remplir le formulaire qu'elle me tend.

— Ai-je bien écrit votre nom ?

— Oui, dis-je sans même le lire.

— Vous savez lire et écrire notre langue ?

— Oui.

– Dans ce cas, nous prendrons votre déposition dans cette langue. Nous n'aurons pas besoin de vous traduire.

Elle quitte la tente. J'ai soif. À un soldat planté devant moi je demande de l'eau. Il me tend un sachet en se saisissant de son embout qu'il décolle et pousse avec ses doigts. Il le pose devant la petite table basse qui est à la hauteur de mes genoux. Je bois en aspirant, pliée en deux, une eau sans goût et chaude. Je me remplis le ventre de cette eau jusqu'à ce que le sachet soit vide. Des sacs pour prisonniers aux mains liées. Le camp en est rempli de ces sacs vides. Et le vent, brise après brise, les repousse. Si d'ici à de nombreuses décennies un archéologue pénétrait dans cet endroit il trouverait matière à son imagination. Il parlerait d'une expédition sous la chaleur torride d'une saison sèche. Les hommes du siècle passé transportaient avec eux des milliers de litres d'eau qu'ils buvaient par un embout afin de ne pas avoir à avaler le sable apporté par les tempêtes qui ici sont d'une grande violence. *Desert Storm*. Ici, le sable recouvre tout. Même les méfaits des hommes. Nul besoin d'engins de chantiers, de pelleteuse ou de rouleau compresseur. Ici, le désert couvre tout. Jusqu'à l'homme. Si tous les prisonniers étaient abandonnés là à la veille d'une tempête, leurs corps disparaîtraient sous le sable. Et l'archéologue pourrait alors parler d'un événement climatique d'une rare violence. D'un surgissement qui ne laissa aux hommes aucun répit. D'une civilisation ensevelie. Ensevelie sous le sable. Absorbée par lui qui couvre selon son bon plaisir et façonne de la sorte les paysages à sa guise. Quiconque ignore le désert, ignore la puissance. Il n'y a pas d'armée plus habile que le désert. Il règne bien au-dessus de tous les stratèges militaires et de toutes les armes. Et qui voudrait le voir plier en sera pour ses frais. Même l'arme atomique ne peut venir à bout du désert. Rien ne peut en venir à bout. Il ne faut pas croire que les hommes l'habitent. On ne peut habiter le désert. Au plus, il vous habite. S'il se déplace, vous vous déplacez avec lui. Le sable. À tout moment il vous emporte. *Desert Storm.* Quelle bêtise que ces engins de guerre qui ignorent jusqu'à la puissance de ce qu'ils sont censés mimer. Le sable est comme un archange. Il est le protecteur.

Comment alors entendre que qui connaît le sable ignore les dérèglements psychologiques ? Il faut un mode d'être au monde bien supérieur à tous les envahisseurs quand on a grandi dans le désert. On ne s'improvise pas ici envahisseur. Même si les vergers, les routes bétonnées, les sirènes de police, les maisons de retraite, les piscines d'eau douce fleurissaient en quantité innombrables dans ce désert, même si toute la vie du nord venait à fleurir en ces lieux, même si toute la surface de cette terre se couvrait d'une autre nature, rien n'y ferait. Le désert est en sous-sol, profond, bien trop profond pour être endigué. Aucune force, aucune intelligence ne peut modifier le régime de ce sol. Il est le désert. Son mouvement est en fond, non en surface. Comme les fonds des océans qui ne peuvent être vaincus. Il est de la convulsion terrestre comme les vents qui font revenir *El Niño* sur les plaines. Le vent et le désert sont une même nature. Le désert est habile. Il ne se laisse pas couvrir d'un manteau de verdure sans réagir. Là où on le fait disparaître, on le fait renaître ailleurs. Être du désert. En être, c'est avoir compris cela. Et tous les prisonniers ici savent que même s'ils effacent le désert, ces milliards de paillettes voleront ailleurs à nouveau.

Le militaire qui était à mes côtés m'a demandé de le suivre. J'ai été conduite jusqu'à une tente où se trouvait une femme assise face à un ordinateur enserré dans une poche de tissu couleur kaki. Même cette machine, me suis-je dit, au sable elle ne résistera pas.

– Élohim ! Votre nationalité ?

– Le pays d'où je viens a sombré. Je n'ai donc plus de papiers.

– Quand êtes-vous entrée dans ce territoire ?

– Il y a quelque temps.

– Vous habitez où ?

– Je me déplace d'un lieu à un autre et je n'y séjourne que quelques jours.

– Vous voyagez sans papiers ?

– Il n'y a que du sable. Des murs de sable. Je vais de l'ouest à l'est, du nord au sud.

– Avez-vous rencontré ou fréquenté des terroristes ? Leur avez-vous parlé ?

– Oui.

– Dans quel endroit ?

– Tous les habitants de ce pays sont des terroristes. Moi-même j'en suis une. Je marche.

– Où avez-vous fait votre entraînement ?

– Je n'ai suivi aucun entraînement. Je vous dis que je marche et que j'ai un très grand plaisir à vivre comme ça. Nous marchons tous ici.

   Dans quel but ?

– Je ne comprends pas votre question.

– Dans quel but marchez-vous ?

– De l'ouest à l'est, du nord au sud, tout dépend de la marche. Je marche d'un endroit à un autre, pourquoi ?

– Avez-vous commis des attentats ?

– Non.

– Pourquoi dites-vous que vous êtes une terroriste ?

– Je suis votre prisonnière. Je marche, vous m'arrêtez. Si vous nous arrêtez, moi et tous ces gens, c'est que nous ne vous convenons pas. Et ceux qui ne vous conviennent pas deviennent vos prisonniers. Je ne suis ni soldat, ni armé et vous m'arrêtez, c'est qu'à vos yeux je suis une terroriste. Je ne peux être d'accord avec cette idée. Je ne suis pas comme vous, un militaire. Vous ne me convenez pas. Je marche vous m'arrêtez. Vous ne me convenez pas. J'ai toujours marché dans ce pays et vous arrivez et vous m'arrêtez. Je marche alors je ne vous conviens pas. Et vous ne me convenez pas car je sais que votre présence fait de moi un être qui ne marchera plus. Votre présence dans ce pays fait de moi une femme qui ne marchera plus. Je ne souhaite pas de papiers. Pas d'identité. Pas de ce principe qui régit vos conquêtes. Je n'en veux pas de ce principe. C'est ce qu'on vous apprend dans vos académies militaires. Ficher, inscrire, noter, identifier l'autre. Vous êtes malades. Malades de la traque. Malades de votre survie, malades de votre ignorance, malades de vous et de vos dérèglements, malades de vos traitements, de vos cachets, de vos drogues chimiques, de votre surcharge pondérale, de votre gavage débile, de vos jeux débiles. Je vous connais. Je sais ce que vous m'avez fait. Je ne crois plus à vos conquêtes. Vous ne pensez pas qu'on peut encore vous suivre. Dites-moi ? Croyez vous sincèrement à ce que vous faites ? Vous m'écoutez, vous ne me répondez pas ? Vous n'êtes donc qu'une employée soumise. Un cadre d'entreprise au service d'une cause honteuse. Vous êtes vous-même en sursis. En contrat à durée déterminée. Qu'une main-d'œuvre qu'on nous vend comme du patriotisme. Votre avenir est à ce prix. Il vous faut d'abord payer. Le peuple qui vous rémunère quant à lui refusera de mourir pour vous. Au fond, il le sait que ses ambitions sont viles. Vous l'imaginez dans son lit plein de plumes conscient de cette horreur ? Il le sait que c'est une horreur. Il est habité par une entreprise démoniaque qu'il a troquée contre sa ferveur. L'apocalypse nous attend tous, nous dit-il, convaincu qu'il est d'être le seul héritier des enfants de Noé. Fous, fous que nous sommes et fous qu'il nous rend, lui seul sera sauvé. Cette chose ne porte pas de nom. C'est le vrai visage de ce pays qui vous emploie. C'est sa culture. Sa culture portée à son plus haut degré d'exploitation. Vous n'êtes que la sous-employée d'une force mécanique qui plie les hommes à sa botte. Vous appartenez à un peuple d'aliénés. D'abord, vous avez détruit des hommes par milliers. Vous les avez chassés de leurs plaines. Ces hommes qui ignoraient la propriété et la conquête, vous les avez éteints. Ils ignoraient qu'on pouvait posséder la terre. Ils l'ignoraient. Comment vouliez-vous qu'ils ne soient pas vaincus ? Et vous en plus de les détruire vous avez pris la terre. Vous avez pris ce que des hommes pensaient être inviolable. Une terre à personne et à tous. Une terre qu'il fallait savoir rendre quand on l'avait traversée. Et cette intelligence-là, vous l'avez anéantie. Vous n'avez pas seulement détruit leurs corps vous avez détruit la seule idée, la seule raison de l'homme sur cette Terre. On ne possède pas la terre. Entendez-vous ? On ne la possède pas ! Et maintenant vous l'avez pourrie jusqu'à l'os cette terre. Et partout où vous allez vous la pourrissez. Vos enfants malades, votre vulgarité sans nom, votre stupidité morale, votre arrogance, votre bouffe de merde, vos échappements me répugnent. Vous ne mangez pas, non, vous ne broutez pas, non, vous êtes une espèce carnivore hors du commun, plus forte même que les dinosaures qui pouvaient à quatre ravager un bois. Par votre simple existence vous pouvez anéantir le monde de désespoir. Comment faites-vous ? Comment faites-vous pour vivre ?

Je ne sais plus si c'est ce que j'ai dit. J'étais épuisée d'être debout. On ne peut marcher dans un pays en guerre. Épuisée de tout ce qu'on m'a fait endurer depuis que je me savais traquée.

— Pouvez-vous s'il vous plaît me libérer les mains ? Je ne veux plus parler.

— Vous n'êtes pas de ce pays. Les gens de ce pays ne raisonnent pas comme vous. Ils ont peur. Ils ne parlent pas.

— C'est moi qui ai peur. Pas eux. Eux, ils vous méprisent. Ils ne vous parleront pas. Vous êtes sales à leurs yeux. Sales. Vous comprenez ? Moi, j'ai peur. Je n'ai pas toute leur conviction.

— Que faites-vous ici ?

Je n'ai pas répondu.

Le militaire qui était derrière moi m'a demandé de me tenir droite pour les photos. Je me suis tournée vers lui. Face : photo. Profil droit : photo. Profil gauche : photo.

Un autre a défait le bracelet. J'ai secoué mes mains. Mes épaules pesaient un poids très lourd. Cette douleur, je l'ignorai. J'ai ramené mes bras vers moi et je me suis affaissée sur un tabouret. J'ai posé mes mains sur mes jambes. Ce repos n'a duré que quelques secondes. Le militaire a pris ma main droite. Pouce, index, majeur, annulaire, auriculaire. Il a saisi ma main gauche. Chaque doigt a été appuyé sur l'encre bleue d'abord et sur le papier ensuite. On m'a repris les mains. On les a jointes dans le dos et on m'a reposé le bracelet. On m'a remise parmi les prisonnières. J'ai marché une cinquantaine de mètres et je me suis assise.

Comme je ne pouvais m'adosser à aucun mur, je me suis penchée sur le sol. J'ai posé le côté gauche de mon corps sur le sable. Le corps allongé, les mains attachées à l'arrière, les jambes repliées vers moi j'ai tourné le dos aux prisonnières. Mon épaule me faisait mal. J'aurais voulu ramener la paume de ma main sous la tête et poser mon oreille dessus. Je me suis dit qu'il fallait que j'oublie la douleur. Qu'il me fallait dormir. Dormir sous la lumière du jour, sous le soleil. J'ai fermé les yeux. Seul le bruit des pales des engins meurtriers arrivait jusqu'à moi. Je me suis endormie en écoutant le bruit de mon ventre. Mon ventre qui avait faim.

Je n'ai pas fait d'enfant. S'il me cherchait il ne saurait où me trouver. Et lui je l'aurais abandonné aux mains de ceux qui par duplicité me craignent. Je lui aurais dit, Oublie-moi. Oublie que j'ai existé. Ils te diront sur moi des choses que j'ai moi-même ignorées et toi tu seras dans l'erreur. Oublie que j'ai existé. Ce que j'ai voulu, ne le cherche pas. Tu trouveras la mort. Sois du côté du plus fort. Ne garde en toi aucun secret. Il pourrait te perdre. Oublie. Il te faudra être sans bruit intérieur, sans souffle vital. Ce qui règne maintenant ignore le tremblement et le doute. Rien ne doit toucher ton âme. Ne te demande pas d'où tu viens. Au crime s'il le faut tu devras aller. Dis-toi que tu es avec eux. Que tu leur appartiens. À l'enfant, j'aurais aussi donné un autre nom. Pas le mien. Mais pour autant, aurait-il été sauvé ? Il lui aurait fallu faire preuve de zèle, de fierté et d'humeur combative plus que tout autre.

Mais son visage, je n'aurais pu à l'avance le façonner. Je n'ai pas fait d'enfant.

En Arabie, bien avant l'Islam, ceux qui ne croyaient pas encore au dieu unique appelaient le Dieu des Juifs et des Chrétiens « Rahman » pour dire le Clément, le Miséricordieux. Ce nom qui est aussi le mien s'est propagé. Ailleurs il est dit que la racine de ce mot, rahman, en hébreu signifie la matrice.

À mon enfant j'aurai aimé dire, Il n'y a qu'un Dieu unique et c'est au mont Sinaï qu'il nous mène tous. Au peuple de ce Dieu, tu n'appartiendras pas. Mais ce peuple, tu le respecteras plus que tout autre. Ta vie, tu la scelleras à son orbite pour que jamais tu n'oublies que c'est son histoire et sa singularité qui t'éclairent.

Je n'ai pas fait d'enfant.

JE ME SUIS RÉVEILLÉE DANS LA NUIT. Le silence était réel. J'ai regardé les prisonnières, elles ne dormaient pas. Certaines étaient allongées, d'autres assises, mais leurs yeux étaient ouverts. J'ai toujours aimé leurs yeux. Leurs yeux humides et noirs qui voient de nuit comme de jour. Qu'est-ce que le désert ? Moi, je ne pouvais y être la nuit sans me faire un abri. Eux, ils s'y endorment sans protection. Il m'est arrivé d'être avec d'autres dans la marche. Ceux qu'on croise et qui empruntent la même route que vous vous accompagnent. C'est une règle, une coutume de la marche dans le désert. Le chemin, quand il est le même, on le fait ensemble.

– ÉLOHIM ? LEVEZ-VOUS.

La lumière de la torche m'a éblouie. Il faisait nuit. J'étais encore dans mes pensées. J'ai suivi la femme soldat jusqu'à un cabanon en tôle ondulée. J'y suis entrée. Je me suis posée sur un lit pliant. Au plafond, il y avait une ouverture d'où on apercevait la nuit étoilée. Il me suffisait de fermer un œil et d'utiliser l'autre comme un télescope pour me soutenir dans ce qui venait de m'arriver. J'étais aux arrêts.

– Élohim. Ce n'est pas votre nom, m'a dit la femme en refermant la porte.

Une nuit, trois soldats sont entrés. Deux m'ont tenu les bras. Je ne sais pas le temps qui s'est écoulé. Je me suis réveillée attachée aux parois d'un avion militaire. Il y avait de nombreux cercueils recouverts d'un drapeau. Des corps étaient dedans. Mis dignement, ils rentraient chez eux.

J'ai quitté l'engin les yeux bandés. Je ne sais pas ce qu'ils ont fait des cercueils. Je suis montée dans un véhicule. Il devait être ouvert, je sentais l'air sur mon visage. J'ai ensuite marché sur des planchers, tenue aux bras par un soldat. Il m'a délié les mains et m'a fait faire un pas. J'ai entendu une porte se refermer. J'ai défait le bandeau. J'étais à nouveau dans une cellule. La même. Exactement la même. Il y avait une ouverture au plafond. J'ai attendu la nuit, me demandant si je verrais le même ciel étoilé. Un savon et un gant étaient posés sur un lavabo. Sur une petite table, il y avait du papier et des mines de bois. Posé à côté, le Coran.

J'ai bu de l'eau. Puis j'ai défait ma tenue. Je me suis lavée. J'avais faim. J'ai repris de l'eau. J'ai bu. Je me suis étendue.

Je n'ai reconnu aucune constellation.

– Votre nom ! Je sais votre nom.

Un officier a soulevé le loquet de tôle, la meurtrière qui sert au passage des plats et des effets.

– Je sais votre nom.

Je me suis approchée de la porte.

– Qu'avez-vous fait de vos papiers ? Vos papiers français ? À qui avez-vous remis ces papiers ?

Je n'ai pas pu répondre. Je venais de comprendre que j'étais là pour trahison.

– À qui avez-vous remis votre identité ?

– Qu'attendez-vous de moi ?

– Que vous ne sévissiez plus sur Terre !


J'avais donc un nom. Un nom. Depuis ce temps, j'attends qu'on me réclame.

*Ce texte, je le dédie à trois disparus, à M^{me} Boulanger qui m'a appris à lire, à M. Dellys qui m'a enseigné la dignité et à Anne-Marie Vuilletet qui m'a dit pourquoi parfois il fallait trahir.*

# TABLE

ACHEVÉ D'IMPRIMER
EN MARS 2015
SUR LES PRESSES
DE
L'IMPRIMERIE NORMANDIE ROTO IMPRESSION S.A.S.
À LONRAI
POUR LE COMPTE
DE SABINE WESPIESER ÉDITEUR

IMPRIMÉ EN FRANCE
NUMÉRO D'IMPRIMEUR : 1500625
ISBN : 978-2-84805-188-8
DÉPÔT LÉGAL : MAI 2015